十津川警部 捜査行

北の欲望　南の殺意

西村京太郎

双葉文庫

目次

十津川警部捜査行
北の欲望　南の殺意

北の女が死んだ

1

警視庁捜査一課の三田村が、その女が気になり始めたのは、半年ほど前からだった。

三田村は、自宅マンションから地下鉄新中野《しんなかの》駅まで歩き、丸《まる》ノ内《うち》線に乗り、霞《かすみ》ケ関《せき》までいくのが出勤ルートである。

その車内で、ときどき会う女だった。

三田村が新中野で乗ったときには、もう、乗っているから、その前の東高円《ひがしこうえん》寺《じ》か南阿佐ケ谷《みなみあさがや》あたりから乗ってくるのだろう。

年齢は、二十二、三歳に見える。

小柄で色白だった。

毎日、ほとんど同じ時刻に乗っているから、丸ノ内線の沿線にある官庁か、会社で働いているOLだろうと思っていた。

三田村が気になったのは、彼女の目だった。

小さい顔に、大きな目である。だが、ただ大きいから、その目に注目したのではなかった。

その大きな目は、車内の誰の顔も見ていなかった。といって虚《うつ》ろな目でもない。何かを見つめているのだが、それが何なのか、三田村にはわからないのだ。

そのことが、三田村を妙にいらいらさせた。

五月中旬の朝の出勤のときだった。

その朝も、三田村は同じ車両に乗り合わせたのだが、彼女は座席の一番奥に腰をおろしていた。

三田村は、彼女が気になっていたから、ドアの近くに立って、それとなく見つめていた。

彼女はいつもそうなのだが、このときも、車内を見回すでもなく、新聞、本を読むでもなく、自分の掌《てのひら》を見つめていた。

(何を考えているのだろうか?)

と、三田村が考えたりしているとき、突然、乗客のなかにいた四十五、六の男が奇声を発し、手に持ったカッターナイフで、傍のOLのハンドバッグに、切りつけた。

ＯＬが、悲鳴をあげる。

幸い車内はすしづめというほどではなく、空間があったので、ハンドバッグを切り裂かれたＯＬは、車両の隅に逃げていった。

男は、それを追いかけていく。

座席に座っていた人々は、顔色を変えて立ちあがり、反対の方向に逃げる。

そんななかで、彼女はこの騒ぎがきこえないみたいに、座席から動かず、相変わらず自分の掌を見つめていた。

男は空《あ》いた座席にどっかりと腰をおろし、今度は、カッターナイフで座席を切りきざみ始めた。

それでも彼女は、自分の掌を見ていて、逃げようとしない。

三田村は、はらはらしながらも、気になって、彼女を見つめ続けた。

彼女の目も頭も、現実に起きている事件を、見ても考えてもいなくて、何か別の世界を見たり考えたりしている感じだった。

男はそのことにいらだったのか、急に立ちあがった。

彼女に切りつけるのではないかと感じて、三田村は、男に飛びついて押し倒した。

男の手から、カッターナイフをもぎ取る。

そのとき、右手の指を怪我して、血が噴き出した。電車が駅に着き、三田村は、暴れた男を駅員に引き渡し、ホームで指の手当てをしてもらったが、出ていく電車に目をやると、彼女は三田村のほうを見るでもなく、窓ガラスに目をやったまま、三田村のいるホームを通過していった。

三田村は、正直にいってむかついた。

若い三田村は、いつも、一つの夢物語を持っている。綺麗な娘が暴漢に襲われそうになったのを、自分が助ける。彼女は感謝して、そこから恋が芽生えてくるというストーリーである。

心理学で救出願望とかいうらしいが、車内でカッターナイフ男に飛びかかったとき、三田村の頭に、そのストーリーがなかったとはいえない。

何を考えているかわからない、不思議な魅力を持った娘が、助けられた感謝から、三田村に本当の姿をさらけ出して、そこから二人の間に恋が生まれてくる。

男を突き出したあたりから、三田村ははっきりとそんな夢を持ち、期待をもって、彼女を振り返ったのだ。

だが、現実は、完全に三田村の期待を裏切った。

彼女は、三田村を見もせず、電車に乗っていってしまったのだ。

(何を考えてるんだ？　感謝ということをしらないのか)

と、三田村はその日一日中、腹のなかで文句を繰り返した。

何を考えているのかわからない、不思議な女が、そのときだけは小憎《こにく》らしい変な女に見えた。

しかしその後も、地下鉄のなかで出会うと、彼女はまったく変わっていなかった。

何を見ているのかわからない大きな目が、相変わらず、三田村を惹きつけてやまなかった。
二、三日、車内で彼女を見ないと気になった。
彼女が同じ霞ケ関駅で降りるのなら、一度、あとをつけてどんなところで働いているのかしりたかったのだが、あいにく彼女は霞ケ関では降りず、その先まで乗っていく。

素性もわからない、謎の女ということで、三田村の頭のなかで、さまざまな空想、妄想が花開いていった。

2

六月十七日。

梅雨の盛りで、朝から雨が降っていた。

午後二時ごろ、荻窪《おぎくぼ》で殺人事件発生ということで、三田村は仲間の刑事と現場に急行した。

二階建てのプレハブのアパートの一室が、現場だった。

六畳に、キッチン、トイレ、バスルームがついている部屋で、六畳のベッドの上で、若い女がネグリジェ姿で死んでいた。

仰向けになって死んでいる女は、紫のネグリジェで、厚化粧をしている。

首を絞められて、殺されたと思われるのだが、大きな目には、怯えの色はなく、どこか遠いところを見ているように思えた。

三田村は、その目で、死んでいる女が彼女だと気がついた。

最初に見たときは、派手なネグリジェ姿と濃い化粧のせいで、三田村には初めて会う女に、感じられたのである。

地下鉄のなかで会う彼女は、ほとんど化粧はしていないようだったし、服装も地味だった。

「ええと、被害者の名前は、三宅《みやけ》ユキ、二十二歳。本籍は、岩手《いわて》県花巻《はなまき》ですね。ここには、去年の四月から住んでいます。勤め先は東銀座《ひがしぎんざ》のRという靴店です」

と、同僚の西本刑事が十津川警部に、報告している。

三田村は、それをぼんやりとききながら、横たわっている死体を見つめていた。

彼女が死んでしまったということが、まだ現実とは思えずにいるのだ。

「どうしたんだ？」

と、亀井刑事が声をかけてきた。

三田村は、顔をあげた。

「何を、ぼんやりしてるんだ？」

と、亀井が眉を寄せた。

「君のしっている女か？」

と、十津川がきいた。

「通勤の地下鉄のなかで、ときどき会っていた女性です」

と、三田村はいった。

「そうか、同じ丸ノ内線だったんだな」

「そうです」

「車内で毎日のように会っていたので、密かに愛していたというやつか」

と、日下刑事がからかうようにいった。

「馬鹿なことをいうな！」

三田村がいうと、日下は、

「別に馬鹿なことでもないだろう。俺だって高校時代、同じ電車のなかで会う女学生が好きになって、思い切ってラブレターを渡したことがあるよ」

「そんなんじゃない」

と、三田村は怒ったようにいった。

「つまらないことをいい合ってないで、犯人の遺留品がないかどうか、調べるんだ！」

と、亀井が二人を叱りつけるようにいった。

刑事たちは、狭い室内を調べ始めた。

死体はその間に、司法解剖のために、運び出されていった。

洋服ダンスを開けて、なかを覗きこんでいた北条早苗刑事が、

「変な具合ね」

と、いった。

「何が、変なんだ？」

と、三田村も、横から覗きこんだ。

「ごらんなさいよ。地味な服と一緒に、やたらに派手なドレスが入ってるわ。それに、絹のネグリジェが何枚もあるかと思うと、男物みたいなパジャマもある」

と、早苗はいった。

確かに、そのとおりだった。

三田村が、地下鉄の車内で見た地味な服のほかに、胸のところが大きく開いた派手なドレスもかかっていた。

「プライベートのときは、思い切って、派手なドレスを着ていたんじゃないのか」

と、三田村がいうと、早苗は、

「それなら、パジャマとネグリジェはどうなるの？　どちらも、プライベートに

着るものでしょう?」

と、いう。

ほかにも、奇妙なところがあった。

インスタントラーメンが大量に押し入れから見つかったかと思うと、高級ウイスキーや、ブランデーのボトルが何本も見つかった。

酒は高級酒だけというわけでもないのは、缶ビールがワンケースあったりしたからである。

「まるで、二重人格みたいな感じね」

と、早苗がいった。

十津川が、三田村と早苗に、東銀座へいって被害者の働いていた靴店で、話をきいてくるようにいった。

二人は地下鉄で、銀座までいくことにした。

この時間なので、車内はすいている。

三田村は車内に入ると、いやでも彼女のことを思い出した。

「浮かない顔ね」

と、早苗がいう。三田村が黙っていると、早苗は、

「そうか。この電車でときどき、被害者と一緒になっていたわけね」

「ああ」

「気にはなっていたんでしょう?」

「目がね」

と、三田村はいった。

「大きな目の娘だったわね。あの目が好きだったの?」

「いや。うまくいえないんだが、彼女の目は、いつも、別の世界を見ているような気がしたんだ」

「別の世界って? よくわからないけど――」

「だから、うまくいえないといったじゃないか」

「怒らないでよ」

「悪かった」

「やっぱり、彼女が好きだったんじゃないの?」

と、早苗はきいた。

三田村は黙ってしまった。自分にもわからなかったからだ。

銀座で降り、東銀座のRを訪ねる。全国にチェーン店のある大きな靴店だった。

三田村と早苗は、四十代の支店長に会った。

三宅ユキが死んだことを告げると、さすがに支店長は驚いた顔で、

「今日は風邪でもひいて、休んでいるのだろうと、思っていたんですが」

「ここではどんな仕事をやっていたんですか？」

と、三田村はきいた。

「事務をやってもらっていました。最初は店で、お客の相手をしていたんですが、無口だし、無愛想というんじゃないんですが、どうも、接客には向いていないと考えて、事務のほうに回ってもらったんですよ」

と、支店長はいった。

「どのくらい、ここで、働いていたんですか？」

「二年足らずです。新聞広告を見て、応募してきたんですよ。小柄で、なかなか可愛い顔をしているんで、お客相手のセールスに向いているんじゃないかと思ったんですがねえ。ちょっと、当て外れでした」

「無愛想じゃないが、無口だといわれましたけど、どういう女性だったんですか？」

と、早苗がきいた。

「どうも、よくわからない女性でしたねえ。いつも、何を考えてるのか、わからないといったほうがいいんですかねえ」

と、支店長はいう。

「東北の花巻の生まれだということはしっていましたか？」

と、三田村はきいた。

「ええ。それはきいています」

「私生活の面は、しっていました？」

「いや、まったくといっていいほどしりません。あの娘はほとんど話しませんでしたからね」

「同僚で、特に彼女と親しかった人はいませんかね？」

と、三田村がきくと、支店長は弱ったなという顔で、

「いないと思いますがねえ」

と、いった。

それでも、二人の女店員を呼んでくれた。いずれも二十二、三歳で元気がよかった。

三田村が、三宅ユキのことをきくと、二人はなぜか顔を見合わせた。

「何でもいいから、彼女についてしっていることを話してくれないか」

と、三田村はいった。

それでも、二人はためらっている。

早苗が、彼女たちに、

「どうも彼女のことが、あまり好きじゃなかったみたいね」

と、いった。

「だって彼女、つき合いが悪いんだから」

ひとりがいいわけするようにいった。

「どんなふうに？」

と、すかさず早苗がきく。どうやら二人は同性の早苗のほうが、話しやすいらしい。

そう思って、三田村は黙っていた。

「一度、一緒にカラオケにいったことがあるの。そしたらね、こっちが一生懸命に唄ってるのに、彼女ったらそっぽを向いて何か考えてるし、唄えといっても、唄わないしね。そんなら、なぜ一緒にきたのかって、腹が立ったわ。彼女、協調性がゼロなのよ」

と、ひとりがいい、もうひとりがうなずく。

「ほかには?」

「うちの支店長は、彼女がときどき、何もいわずに急に休むんで怒ってたわ。そのうちに、馘になってたんじゃないかな」

「ときどき休むからって馘というのは、ひどいんじゃないか?」

三田村が思わずいうと、二人はまた顔を見合わせてから、片方が急に声を低くして、

「それだけじゃないのよ」

「どんなことが、あったんだ?」

「彼女ね。売春をやってるって噂があったのよ。だから、支店長は馘を考えてたんじゃないかな」

「売春? 証拠はあるのか?」

「証拠はないけど、噂はきいてたわ」

と、二人はいった。

3

三田村と早苗は、R靴店を出て、地下鉄の駅に向かった。

「ショックだったみたいね」

と、早苗が気の毒そうに、三田村にいう。

「噂なんか、信じられないよ」

と、三田村はいった。

「でも、彼女が、ときどき売春をやっていたとすれば、納得ができるわ」

と、早苗はいった。

「何が、納得できるんだ？」

「ちぐはぐな生活が、だわ。洋服ダンスの中身がちぐはぐだったじゃないの。それにインスタントラーメンと、高級ウイスキー、高級ブランデーのちぐはぐさ。その説明がつくわ。あのRで事務をやっているときは、地味な服を着て、インスタントラーメンと缶ビールの生活。でも、お客をとるときは、絹のネグリジェを着て、高級ウイスキーや高級ブランデーでもてなしていた。そう考えれば、納得がいくもの」

と、早苗はいった。

「何のために、売春なんかやったというんだ？」

三田村は、腹を立てた。

「もちろん、お金のためだわ。経理の知識でもあれば、事務でも、高給をとれるかもしれないけど、ただの事務ならたかがしれてるわ。お金がほしくなるのは、当然だわ」

早苗は、もう、被害者の三宅ユキが、アルバイトに売春をやっていたと、決めつけるいい方をした。

地下鉄に乗ってからも、三田村は、

「僕は、信じないよ」

と、いい張った。

「その気持ちはわかるけど、現実は、たいてい、こちらの夢や期待を裏切るものよ。あなたは彼女のことを、よく思いたい、よく思いたいと、考えているから現実を見まいとしてしまうんだわ」

と、早苗はいった。

「彼女はどこか、現実離れをしていたんだ。目はいつも、遠くを見つめているようだったしね」

と、三田村はいった。

「それは男の感傷ね。ときどき、思うんだけど、男の人って、どうして女に対してそう甘いのか不思議。特に、可愛いとか、美しい女性に対してね」

早苗は、笑いながらいった。

荻窪の殺害現場のアパートに戻ると、十津川と亀井は、まだ、部屋に残っていた。

早苗が、売春の噂を報告すると、

「その噂は、当たっているかもしれないな」

と、十津川はいった。

「なぜですか?」

と、三田村はきいた。

「君は、信じられないか?」

「はい」

「しかし、ここの管理人の話では、ときどき違った男が、この部屋に入るのを見たということだよ」

「それだけでは、まだ——」

「それに、これだ」

と、十津川は香水の瓶を持ってきて、三田村の前に置いた。

「香水が、どうかしたんですか？」

「エルメスだ。嗅いでみたまえ」

と、十津川はいった。

三田村と早苗が嗅いだが、先に早苗が、

「ああ、同じですわ。死体に、香水の匂いがしたんです。これと同じエルメスの香水です」

と、いった。

「もう一つ、押し入れに小さな金庫があったが、八十五万円の普通預金と定期預金が一千万円、ほかに現金が百万円あった。二年足らずのＯＬ生活で溜まる金額とは、思えないんだが」

と、十津川はいった。

三田村は、だんだん自分が打ちのめされていくような気がした。自分が馬鹿に見えてきたといってもいい。

確かに、アルバイトに売春をしていたとすれば、納得できることがある。

（しかし、あの日は、何だったんだろうか？）

とも、思った。

荻窪警察署に捜査本部が設けられ〈ＯＬ殺人事件捜査本部〉の看板があがった。

その日の夜になって、司法解剖の結果がわかった。

死因は、頸部圧迫による窒息。死亡推定時刻は、前日、六月十六日の午後十時から十一時の間。

被害者の体内からは、アルコール分が検出された。

殺される直前に、性交があった形跡はなく、膣口《ちつこう》から精液も発見されない。

夜遅くにはなっていたが、この報告を受けて、捜査会議が開かれた。

被害者三宅ユキが、ＯＬをしながら、ときどき売春をやっていたという噂も検討された。

亀井が、その噂を肯定する格好で、今回の事件を説明した。

「被害者が、ときどき売春をやっていたとすると、説明がつくことがいろいろとあります。室内で見つかった派手なネグリジェと地味なパジャマの差、ドレスもそうですし、そのほか、さまざまなものがちぐはぐです。被害者が二つの生活を営んでいたと考えれば、説明がつきます。となると、被害者を殺した犯人は、その客という可能性が出てきます。六月十六日の夜、被害者は、客を自室に引き入れたのではないでしょうか。商売用の紫のネグリジェで客を迎えた。酒も出していたと思います。彼女の胃に、アルコール分がかなりの量、残っているのがその証拠です。客と彼女の間に何があったかわかりませんが、喧嘩になり、客はかっとして、彼女を絞め殺して逃亡しました。ボトルやグラスがなかったのは、犯人の指紋がそれについているので洗ってしまって逃げたからだと思います。また鑑識からの報告によると、ドアのノブの部分や、洋服ダンスの扉の部分などに、指紋を拭き取ったと思われる形跡があるということで、これは、犯人のしたことと思われます。犯人はおそらく、初めての客ではなく、前にも被害者と遊んだことのある男だと、私は考えています」

と、亀井はいった。

「犯人の男が、被害者と喧嘩をして、殺してしまったというが、その原因は何だと思うね？」

と、十津川がきいた。

「こうした売春行為の場合、客との間の喧嘩の原因は、たいてい金と決まっています。今度の場合も、原因は金だと考えます。部屋に男が入って、これからというとき、料金のことで揉めたんだと思います。彼女が、急にもっとよこせと吹っかけたのか、逆に男が値切ろうとしたのかわかりませんが、いずれにしろ、原因は金だと思います。そうなると、ああいう女は、客を悪《あ》しざまに罵倒しますからね。それが男の自尊心を傷つけ、かっとして、首を絞めてしまったんだと思います。そのあと、男は慌てて指紋を拭くなどの工作をして、逃げたんだと思っています」

「カメさんが、犯人が初めての客ではないと思う理由は、何だね？」

と、十津川はきいた。

「一つは、勘みたいなものです。もう一つは、犯人が指紋を消して、逃げたと思われる点です。初めての客でしたら、指紋を消す工作などはせず、いそいで逃げだそうとすると思いますね」

と、亀井はいった。

二人の話は、それをきいている三田村には、辛かった。

彼が頭のなかで、勝手に描いていた彼女の姿が、無残に汚されていくような気がしたからである。

そんな思いが、つい表情に表れてしまったらしい。

十津川が、三田村を見て、

「君は、別の考えを持っているらしいな」

と、声をかけてきた。

「まったく別の考えというわけじゃありませんが」

「いいから、遠慮なくいってみたまえ」

「私は、どうしても、彼女がそんな女には思えないのです。どこか、一風《いっぷう》、変わった女であることは認めますが、売春をやっていたとは信じられません」

と、三田村はいった。

「ただ、そう信じたいというだけかね？」

と、十津川はきいた。

「もちろん、それだけではありません」

三田村は、必死に頭のなかで考えながら、十津川を見た。

「それなら、反論をいってみたまえ」

「売春をしていて、楽に金を稼いでいたのなら、なぜ毎日、辛い通勤を我慢しながら、ＯＬを続けていたんでしょうか？　しかも、そのＯＬ生活は必ずしも、快適だったとは、思われないのです。同僚とはうまくいっていなかったようですし。そこがおかしいと思います」

「派手なネグリジェとか、高価な香水などは、どう説明するのかね？」

と、亀井が口を挟んだ。

「それは、彼女の私生活ですから。私だって、カメラが好きなので、金を貯めて、不相応な高級カメラを持っています」

三田村は、自分でも、へたな譬《たと》えだと思いながらいった。

「もし犯人が、売春の客ではないとすると、君は、どんな人間だと思うのかね？」

と、十津川はきいた。

「相手は顔見知りだと思います。性交の形跡はないということが、売春ではないことを示していると、私は考えています。それに、現金が盗られていません。それも売春ではないことの証拠だと思います。それに私は、犯人がかっとして彼女を殺したとは思えないのです。犯人は、最初から殺すつもりでやってきたんだと思っています」

と、三田村はいった。

「しかし、そんな犯人を、彼女はなぜネグリジェ姿で迎えたり、酒を出したりしたのかね？　第一、独身の若い女だ。少しでも、危険を感じたら、部屋に入れないんじゃないかね。部屋に入れ、ネグリジェ姿で応対したのは、売春の相手だったからと考えるのが、自然じゃないかね？」

と、十津川はいった。

「彼女は、そこがちょっと違うんです」

三田村は思わず、抗議するようにいった。亀井が変な顔をして、

「君は、彼女とつき合っていたのか？」

と、きいた。

「そんなことはありません。名前もしりませんでした。ただ、ずっと電車のなかで彼女を見ていましたから」

「それだけで、彼女のことが、よくわかったというのかね？」

と、亀井がきいた。

「あくまでも、感じです。彼女には自分の人生に、無関心みたいなところがあったんです」

三田村は、そのとき、地下鉄での出来事を、思い出していた。

「自分の人生に無関心というのは、どういう意味だ？」

と、十津川がきいた。

三田村は、地下鉄での出来事を、十津川や亀井に説明してから、

「あのとき、彼女は、危険が身近に迫っているのに、そのことに、無関心だったんです。少なくとも、私には、そう見えました。理由はわかりません。彼女には、そんな、何というか、人生にというか自分にというか、無関心なところが見えたんです。普通の人なら、怖がったり、怯えたりする場面なのに、彼女は違うんです。ですから、危険な相手を簡単に部屋に入れたり、ネグリジェ姿で応対したりしたんだと思います」

と、いった。

自分がうまく説明できないのが、まだるっこくてならなかった。

亀井は、よくわからんというように、小さく首を横に振った。

十津川は、しばらく黙っていたが、

「君は、その直感を信じているわけかね？」

と、三田村にきいた。

「いえ、信じたいと思っているだけです」

と、三田村はいった。

「信じたい――か」

「はい」

「君は、彼女が好きだったのか？」

「これは、殺人事件です。個人的な感情は、いうべきじゃないと思います」

と、三田村はいった。

「しかし、君は、毎日のように地下鉄のなかで会っていた彼女を、好きになっていたんだろう？」

と、十津川はいった。

「正直にいって、好意は感じていました。いや、関心があったというのが、正確かもしれません」

と、三田村はいった。

「しかし、話をしたこともなかったんだろう？」

「はい」

「それにもかかわらず、君は、彼女の心理分析までしてみせている」

「そうはいいません。ただ、私は、彼女が自分の人生にさえ絶望しているみたいに見えたということをいいたいんです。そんな彼女が、ＯＬをやりながら売春をやっていたなんて、どうしても信じられません」

と、三田村はいった。

「それなら、派手なドレスと、ときどき大きな収入があったことを、どう説明するのかね？」

亀井が、硬い調子でいった。

「それが、私にも、不可解なんですが――」

三田村は、口惜しそうにいった。

「君はそれでも彼女が売春をやっていたなんて、信じられないんだろう？」

と、十津川はきいた。

「そうです」

「それなら、彼女の生まれ故郷の花巻へいって、調べてきたまえ」

「いかせてくれますか？」

「ああ。私は、彼女が、ＯＬのかたわら売春をやっていて、それが殺される理由になっていると思っているが、何といっても、君は私たちよりは彼女のことをしっているんだ。ひょっとすると、君の考えが正しいかもしれん。それを確認しにいってもらいたい。北条刑事と、二人でいってきたまえ」

と、十津川はいった。

4

翌日、三田村は北条早苗と、東北新幹線で花巻に向かった。

どんよりとした梅雨空の下を、二人を乗せた「やまびこ39号」は、北に向かって走る。

三田村も早苗も、表情が冴えなかった。

三田村のほうは、十津川や亀井には、被害者の三宅ユキが、OLのかたわら売春をやっていたなんて、信じられないと主張したのだが、正直にいって、自信がなかったからである。

早苗が暗い表情になっていたのは、三田村が、こんなわかり切ったことに、必死になって、別の見方をしようと努《つと》めているのが、可哀相だったからだ。

「男の人って、どうしてこう甘いのかな」

と、早苗はぼそっと呟いた。

「それ、僕のことをいってるのか？」

三田村が、きき咎《とが》めて、怒ったような調子できいた。

「まあ、そうね」

と、早苗はいい、窓の外の景色に目をやった。

とうとう、雨が降り出していた。

「君が、何をいいたいのか、よくわかっているよ。地下鉄のなかで、さんざんいわれたからね。ただ、僕は、自分の直感を信じたいと思っているだけだ」

と、三田村はいった。

「彼女の預金のことは、どう説明するの？　R靴店で、事務をやっていてもらう月給が手取り十四、五万だわ。それは、西本刑事が、調べてわかったことなんだけど、問題は、そのほかに毎月百万円が預金されているのよ。この数字はどう説明するの？」

と、早苗はいう。

「その数字なら、僕も見たよ。しかし、その百万円が売春と決まったわけじゃない。第一、毎月百万円ぴったりというのは、おかしい気がするんだ」

「その理由なら、簡単よ。彼女は、売春で稼いでいた。そのお金が百万円になると、いったん預金していたとすれば、説明がつくじゃないの。彼女は若くて魅力的だから、客は五万、十万と払ったかもしれないわ。それなら、毎月、百万稼ぐのは、そう難しいことじゃなかったんじゃないかしら」

と、早苗はいう。

三田村が黙ってしまうと、早苗は追い打ちをかけるように、

「最近は、OLの仕事より売春のほうがお金になるし、面白いので、そっちに比重がかかっていたんじゃないのかしら。だから、通勤の地下鉄のなかで、いつも疲れた顔をしていたのかもしれないわよ。それを、あなたは、自分の人生に無関心な女と思ってしまった。ただ単に疲れているだけなのに」

「ひどいいい方だな」

「私は、冷静に事実を見ているだけだわ」

と、早苗はいった。

宇都宮《うつのみや》をすぎるあたりから、人家が少なくなって、窓の外に田畑が広がっている。

田植えの終わった水田は、緑一色に見える。雨のなかで、緑が鮮《あざ》やかだった。

「両親に会えば、いろいろとわかるかもしれないわ」

と、早苗がいった。

「その両親は、なぜ、上京してこなかったんだろう？　花巻なら、新幹線で昨日中に着けるはずなのに」

三田村は、眉をひそめていった。

「被害者と両親は、きっとうまくいってなかったんだと思うわ。もちろん、売春のことだって、両親はしらなかったはずよ。電話も手紙もなかったんじゃないかな」

と、早苗はいった。

そういえば、彼女の部屋から、家族との間の手紙は一通も見つからなかったといわれている。

新花巻に着く。

雨は、まだ降り続いていた。今日は、日本全国が、梅雨の天気なのかもしれない。

二人は駅の構内にあるレストランで、少し遅い昼食をとってから、タクシーで三宅ユキの両親の家に向かった。

タクシーの運転手に、住所を示してきくと、花巻温泉の近くだということだった。

花巻空港の傍を通る。

このあたりは、今、サクランボの収穫期を迎えようとしていて、いたるところに、ビニールで囲ったサクランボの木が広がっていた。

赤い小さな実がたわわに実り、遠くから見ると、赤い色に染まっているように見える。通りには〈サクランボ〉と赤い文字で書かれた幟が、はためいている。

タクシーは、市街地を抜けたところで停まった。

「このあたりのはずなんですがね」

と、運転手はいった。

ガソリンスタンドと、その傍に壊れかけた家が並んでいるだけだった。

運転手は、ガソリンスタンドにききにいったが、戻ってくると、

「この三宅という人は、引っ越したみたいですね」

と、いい、壊れかけた家を指さして、

「あそこで、パンなんかを売っていたみたいですが、三宅晋介《しんすけ》さんが病気になっ

て店をやめ、奥さんのほうが、今は花巻温泉のKというホテルで、メイドさんとして働いているそうです。いってみますか？」

「もちろん、会いたいね」

と、三田村はいった。

タクシーは、また、走り出した。

温泉街に入り、Kホテルの前で停まった。

七階建てのホテルで、三田村と早苗は車を降りて、ロビーに入っていった。

三田村が警察手帳を示し、三宅ユキの母親、里子《さとこ》の名前をいうと、フロント係がすぐ呼んでくれた。
四十五、六歳の女で、娘のユキとはあまり似ていなかった。あるいはユキは、父親のほうに似ているのかもしれない。
刑事の訪問ということで、彼女は、怯えたような表情を見せていた。

「娘のユキさんが、亡くなったことは、ご存じですか？」

と、三田村がきくと、里子は、

「昨日、県警のほうから電話がありました。それでびっくりして、どうしたらいいか迷っています。やはり、いかなければいけませんか？　主人の容態がよくないので、なかなかここを離れられないんですけど」

という。

詳しくきくと、被害者の父親は、花巻市内の病院に、心臓病で入院しているのだという。

「お子さんは、ユキさんひとりですか?」

と、早苗がきいた。

「姉がいますけど、結婚して盛岡《もりおか》に住んでいます」

里子は、小声で答えた。

「ユキさんからは、よく連絡があったんですか?」

と、三田村はきいた。

里子は、困惑した表情になった。

「あまり、連絡してこない娘《こ》ですから」

という。

「彼女が、R靴店でOLをしていたことは、しっていますか?」

と、三田村はきいた。

「お勤めをしていることは、きいていましたけど、あの娘のことは、なるべく考えないようにしていますから」

と、里子はいった。

三田村は、顔をしかめた。

「考えないようにしているというのは、どういうことですか?」

と、里子を見つめた。

里子は、慌てた感じで、

「子供には、子供の人生がありますから」

という。三田村はその言葉に、何か嘘くさいひびきを感じた。

目の前の里子という女に、そんなもっともらしい言葉が似合わない感じがしたからだった。

「ユキさんは、正月なんかには、この花巻に帰ってきていたんですか?」

と、早苗がきいた。

「ええ。正月くらいは――」

と、里子はいった。が、早苗が詳しく、そのときの様子をきこうとすると、

「あの娘は、すぐ東京に戻ってしまいましたから」

という。

(ひょっとすると、三宅ユキは、正月にも帰っていなかったのではないか)

と、三田村は思った。

彼は、この母親にも疑問を持った。

三田村と早苗は、東京の十津川に連絡し、今日はこちらに泊まって、明日も調べたいと告げた。

二人は、部屋を二つとってもらって、Kホテルに一泊することにした。

このあと、三田村は地元の高校を訪ねることにした。

その間に早苗は、同じ女性ということで、ホテルのメイドたちから、里子のことをきくことになった。

三田村は、花巻市内の三宅ユキが通ったという高校に足を運んだ。

そこで、ユキの担任だったという平井《ひらい》という国語教師に会った。

訛りの強い喋り方をする平井は、三田村の質問に対して、

「本当のことをいうと、彼女は卒業はしていません。二年で転校しています」

と、答えた。

「理由は、何ですか?」

と、三田村はきいた。

「頭はいいんですが、気まぐれでしてね。よく休むし、家庭の事情もあったんでしょうが、二年でここをやめてしまったんですよ」

と、平井はいった。

何か、曖昧ないい方だった。

「家庭の事情というのは、何だったんですか？　父親が病気で倒れたということですか？」

「それは、最近のことですから」

「彼女は、二年でここをやめて、そのまま上京したんですか？」

「かもしれません」

「先生。三宅ユキは、東京で殺されているんです」

「それは、今、刑事さんからききましたよ」

「それなら、はっきり答えてくれませんか」

「刑事さんは、彼女が二年で転校したことと、今度、東京で殺されたことと、関係があるというんですか？　数年もたっているのに」

平井は、反撃してきた。

「関係があるかどうか、わかりませんが――」

三田村は、ひるんだようにいったが、逆に、ただ転校しただけではないのだという確信を強くした。

「彼女は、何か事件を起こして、転校したんじゃないんですか？」

と、三田村はきいた。

平井の表情が、険《けわ》しくなって、

「そんなものは、ありませんよ。家庭の事情で、しかたなく転校したんだと思っています。そんなプライベートなことまで、学校は口出しできませんからね」

という。

三田村はいったん、ホテルに帰ることにした。

ロビーの喫茶室で、コーヒーを飲みながら考えこんでいると、早苗が入ってきた。

「どうも、変だわ」

と、早苗は三田村の傍にきて、コーヒーを頼んでからいった。

「何が、変なんだ？」

と、三田村はきいた。

「三宅里子の仲間のメイドさんにいろいろときいてみたんだけど、彼女は誰かから援助を受けているみたいなのよ。メイドの仕事だけじゃあ、入院している夫の面倒まで見られないんじゃないかというの」

「東京の娘が、金を送っていたんじゃないのか？」

「私も、最初そう思ったわ。売春で月に百万も稼いでいるんだから、そのなかから二十万なり、三十万なり、送金していたんじゃないかって」

「違うのか？」

「それで、十津川警部に電話してみたんだけど、三宅ユキが、母親に送金していた形跡はないということだったわ」

「百万円は、全部自分のために使っていたということか？」

「そうらしいわ」

「じゃあ、あの母親には、誰か男がいるということなの？　入院している夫のほかに」

「そうも考えたんだけど、彼女にパトロンがつくほど、魅力があるとも思えないのよ」

「確かに、そうだな。死んだ娘のほうは、魅力があったがね」

「それから、十津川警部がいってたけど、三宅ユキは車も持っていたらしいわ。

それも、外国のスポーツカーですって。自宅アパートの近くに駐車場があって、そこに駐めてあったらしいわ」

と、早苗はいった。

「スポーツカーねえ」

「真っ赤なスポーツカーですって。こうなると、完全な二重生活ね。ＯＬの仕事だけで、そんな贅沢ができるわけがないから、売春をしていたことは、まず、間違いないわ」

と、早苗はいった。

「それなら、なぜ、ＯＬのほうをやめなかったんだろう？　やたらに休むから困ると、支店長にいわれたり、同僚の女子店員に仲間外れにされたりしながら」

三田村は、首をかしげた。

「それは、世間体を考えてでしょう。両親にＯＬをしているといった手前、やめられなかったんじゃないのかしら」

と、早苗はいう。

「しかし、両親には、ほとんど連絡をしなかったんだろう？　それなのに、両親の手前というのも、変なんじゃないかな」

と、三田村はいった。

5

翌日、ホテルでの朝食をすませると、三田村は、早苗と花巻警察署を訪ねた。

署長に、挨拶をしてから、

「数年前だと思うのですが、K高校の二年生で、三宅ユキという生徒が、何か事件を起こしませんでしたか？」

と、三田村は単刀直入にきいてみた。

とたんに、署長が困惑した表情になった。

（やはり、何か事件が起きていたのだ）

と、三田村は思いながら、

「ぜひ、教えていただきたいのですが」

といった。

署長は、当惑した表情のまま、

「しかし、あれは未成年者でしたし、もう過去のことですからね」

「事件は、あったんですね？」

「ええ、まあ」

「実は、その三宅ユキが東京で殺されたんです。それで、ぜひ話していただきたいんです」

と、傍から早苗もいった。

「彼女が、殺されたんですか？」

署長は、びっくりした顔になった。

「ええ。自分のアパートで殺されました」

と、三田村はいった。

「しかし、昔の事件が、その原因とは考えられませんね。五年も前のことですから」

「とにかく、話してください」

と、三田村はいった。

「あれは、確か五年前の九月何日かでした。残暑の厳しい日でしたよ。夜でした。花巻温泉へいく途中に公園があるんですが、そこで市会議員のひとりが刺されましてね。刺したのがK高の二年生の女生徒とわかって、大騒ぎになったんですよ」

と、署長はいった。

「その女生徒が、三宅ユキだったんですね？」

早苗が、まっすぐに署長を見つめた。

「そうです」

署長は、短くうなずく。

「それで、どうなったんですか？」

と、三田村はきいた。

「市会議員のSさんは、胸をカッターナイフで刺されたんですが、急所を外れていたので、二週間の入院だけですみました」

「原因は何だったんですか？」

と、三田村はきいた。

「それが、よくわからないのですよ」

「わからない？」

「刺した三宅ユキは、何をきいても黙りこくっていますしね。Sさんのほうも、なぜその時刻に自宅から離れた公園にいたのか、話してくれませんのでね。二人ともと黙っているので、さまざまな噂が流れて、そのほうが参りました。Sさんには、もともとロリコン趣味があって、公園で網を張っていたんじゃないかといった噂です。片方は中年男で、片方は十七歳の女子高生ですからね。どうしても、男のほうに不利な噂が流れてしまいます」

「しかし、刺したのは三宅ユキでしょう。傷害容疑ですわね？」

と、早苗がいう。

「確かにそうなんですが――」

「一応、逮捕はしたんでしょう？」

「もちろんしました。しかし、未成年のうえに、相手を刺したときは心身耗弱だったんじゃないのかという説を口にする人もいましたね」

「結局、どういうことになったんですか？」

と、三田村はきいた。

「犯人の三宅ユキのほうに、同情が集まりましてね。といって、刺したのは事実だから、釈放するわけにはいかない。それで弱っていたのです。もし、Sさんが噂どおり、彼女を襲って、彼女が自分を守るために刺したのだとしたら、正当防衛ですからね。ただ、被害者も加害者も、今もいったように、何も喋ってくれませんので、困っていたわけです」

「なぜ、二人とも黙秘していたんでしょうか？」

と、三田村はきいた。

「市会議員のSさんは、夜遅く公園にいた理由を話したくないんだと思いましたが、それを強くはきけませんでした。三宅ユキのほうは、よくわかりませんでした。不思議な娘で、警察に捕まったことで、別に狼狽したり泣いたりはしませんでしたね。こちらが、なぜ刺したのかときいても、まるで他人事《ひとごと》みたいな顔をしていましてね。正直にいって、困惑していたわけです。そんなときに、助け舟を出してくれた人がいましてね」

と、署長はいった。

「助け舟といいますと――？」

「有名な精神科の先生がおられましてね。その方が、三宅ユキに興味を持たれて、彼女の精神が病んでいるところがあるんじゃないか、その瞬間、一時的な精神の錯乱状態に落ちていたと思われるので、自分に任せなさいといってくれましてね。精神錯乱ということになれば、誰も、傷つかずにすむのではないか。そう思って、その先生にお任せしました」

署長は、笑顔になっていった。

「よろしければ、その先生の名前を、教えていただけませんか」

と、三田村はいった。

「神崎克巳《かんざきかつみ》という先生です。確か、今は東京で、精神医療の研究所にお勤めのはずですよ」

「若い方ですか？」

と、早苗がきく。

「そうですね。あの事件のときが、三十四、五歳で、気鋭の方という感じでしたからね。まだ四十歳になったところぐらいだと思いますよ」

と、署長はいった。

「しかし、結局、三宅ユキはK高校をやめていますね？」

と、三田村がいった。

「そりゃあ、この小さな街では、事件のことは隠せませんからね。ご両親が、転校させたんだと思いますよ」

「転校したんですか？」

「そんなふうに、きいていますがね」

「神崎というお医者さんですが、事件のときは、その花巻の病院にいたんですね？」

と、三田村はきいた。

「市立病院におられましたよ」

「そして、今は、東京の研究所ですか？」

「そうきいています」

と、署長はいった。

6

花巻警察署を出ると、三田村は、

「市立病院に寄ってくる」

と、早苗にいった。

「なぜ？」

と、早苗がきく。

「三宅ユキについて、すべてのことをしりたいからだよ」

「でも、神崎という医者は、もういないんでしょう？　彼に会いたいのなら、東京に帰ったほうがいいわ」

「とにかく、僕は、病院へいってくる」

と、三田村は頑固にいい張った。

すぐ帰京すると主張する早苗とわかれて、三田村はひとりで市立病院に回った。

ここで、精神科の佐藤《さとう》という医師に会った。

「あの事件のことは、よく覚えていますよ」

と、佐藤は、笑顔でいった。

「神崎医師は、警察に頼まれて、三宅ユキの面倒を見ることになったんですか？」

と、三田村はきいた。

「いや、あれは、神崎君のほうから、申し入れをしたんです。なぜか神崎君は、あの事件に興味を持ったようでね」

「事件というより、三宅ユキという女子高生に、興味を持ったんじゃありませんか？」

「まあ、同じことでしょう」

と、佐藤はいう。

「いや、違いますよ。ぜんぜん違う」

と、三田村はいった。

「そうですかね。三宅ユキという娘は、学校では目立たない、おとなしい生徒だった。そんな娘が、あの夜、突然、カッターナイフで大の男を刺した。そんな事件に、精神科医として興味を持つのは自然だし、事件に興味を持つということは、当然その娘に興味を持つということでしょう。同じことだと思いますがね」

「いや、微妙に違います。微妙にね。神崎さんは、今、東京でしたね？」

「そうです。民間の研究所にいます。日本有数の精神医療の研究所です」

と、佐藤はいった。

「なぜ、その研究所にいかれたんですか？」

「前々から、神崎君は、東京に出たがっていたんですよ。それで、いろいろと運動したんじゃないかな」

「神崎さんは、資産家ですか？」

と、三田村はきいた。

「ええ。ご両親はこの地方の資産家ですよ。頭のいい神崎君は、ご両親の誇りなんだと思いますね」

「じゃあ、東京の研究所へ入るにも、ご両親が尽力したんでしょうね？」

「そう思いますよ。かなりの金額を寄付したという噂をきいていますから」

と、佐藤はいった。

「神崎さんは、野心家ですか？」

「ええ。野心家ですよ。それに、家の期待みたいなものもあって、東京にいったんじゃありませんかね。日本の精神医学の権威になりたいんじゃありませんか」

と、佐藤はいった。

「三宅ユキも東京に出ていますね？　そのことに、神崎医師は関係しているんでしょうか？」

と、三田村はきいた。

「それは、私にもわかりません。三宅ユキさんの母親がこられて、東京の高校に転校させるといわれたのは、覚えていますが」

「しかし、あの両親は、東京に移っていませんね？」

「それは、ご主人のほうが、病気がちで動きがとれなかったからでしょう」

「とすると、三宅ユキは、ひとりで東京の高校に転校したんでしょうか？」

と、三田村は食いさがった。

「それは、東京に知り合いの方がいたんじゃありませんか」

「それが、神崎さんだったということは、考えられませんか？」

と、三田村はきいた。

「神崎君が？」

「そうです。彼がここをやめて、東京の研究所にいったのは、いつですか？」

「あれは、確か、あの事件のすぐあとです。なるほど、彼が東京に移って、三宅ユキの保護者の形で転校させたことも考えられますね」

佐藤は、感心したようにいった。

「三宅ユキは、東京でＯＬをやっていました。社会人になってからも、神崎さんと彼女との関係は、続いていたんじゃありませんか？」

と、三田村はきいた。

佐藤は、当惑した顔になって、

「さあ、どうですかねえ。神崎君が東京にいってからのことは、わかりません。

ほとんど連絡がありませんから」

と、いった。

「本当に、連絡はないんですか？」

「今年、年賀状がきていましたよ。探してみましょう」

と、佐藤はいい、机の引き出しから年賀状の束を取り出して、一枚ずつ見ていたが、そのなかから一枚を抜き出して、

「ああ、これです」

と、三田村に渡した。

ちょっと癖のある、小さな字が並んでいた。

〈新年おめでとうございます。

私のほうは、課題のテーマについての研究が着実に進み、今年の秋には、アメリカの精神医療財団への派遣が認められそうです。

神崎〉

「ここにある研究テーマというのは、何なんですか？」

と、三田村はきいた。

「ちょっとわかりませんね。精神医学の世界には、いろいろと研究テーマがありますから」

と、佐藤はいった。

三田村は、この年賀状を借り受けて、帰京することにした。

帰京したのは、夜になってである。

三田村は、その足で捜査本部に向かった。

十津川や亀井刑事たちは、三田村を待っていた。

彼の報告をきくためだった。

「三宅ユキが、高二のとき、傷害事件を起こしたことは、北条刑事からきいたよ。問題は、そのことが、今回の殺人事件と何か関係があるかということなんだ。その点の君の考えもききたい」

と、十津川は三田村にいった。

「それは、私にもわかりません。普通に考えれば、数年前の事件ですから関係はないと思いますが、引っかかるものは感じます」

と、三田村は正直な考えをいった。

「引っかかるというのは？」

と、十津川がきく。

「神崎という精神科の医者がいます」

「ああ、そのことも、北条刑事にきいたよ」

「この医者は、どうもずっと、三宅ユキの面倒を見ていたような気がするのです」

と、三田村はいった。

「しかし、北条刑事の話では、違うようだよ」

と、十津川はいった。

北条早苗が、それを受ける形で、

「私は、帰京するとすぐ御茶《おちゃ》ノ水《みず》にある精神医学研究所へいって、神崎さんに会ってきたわ。彼の話だと、あの事件の直後には、三宅ユキのことで、両親や学校の相談に応じたが、その後、まったく関係がないということだったわ。ＯＬになって、東京にいたこともしらなかったし、殺されたこともしらなかったといっているわ」

「神崎というのは、どんな男だった？」

と、三田村はきいた。

「優秀な医者だと、所長はいっていたわ。確かに頭がいい感じはしたわ。今年の秋には、研究所からアメリカの財団に、派遣されるといっていたわ」

「彼の話は、全部、信じられると思うか？」

と、三田村は早苗にきいた。

「なぜ？」

と、早苗がきき返す。

「なぜといわれると困るんだが、まず、三宅ユキが、高二のときの事件に、神崎が異常に関心を持ったことに、私は引っかかるんだ。そして、ユキが東京の高校に転校したときに、神崎も花巻の市立病院をやめて、東京の研究所に入っている。ということは、事件のあともずっと、神崎医師は、三宅ユキに関心を持ち続けていたんじゃないか、という気がするんだが」

と、三田村はいった。

それに対して、十津川は、

「まさか、君は、その医者と三宅ユキが、男女の関係だったと、考えているんじゃないだろうね？」

と、きいた。

「知り合ったときは、三十代の医者と十七歳の高校生でも、今は、四十代の中年男と二十代のＯＬですからね。それに彼女は美人です」

と、三田村はいった。

「すると、君は、彼女は売春していたのではなく、神崎という医者が、彼女のパトロンになっていたんじゃないかというのか？」

と、十津川はきいた。

「彼は、資産家の生まれです。毎月、百万、彼女に渡していたとしても、おかしくありません」

と、三田村はいった。

「そして、彼女を殺したのも、神崎だと推測するわけか？」

「可能性は、あると思います」

と、三田村はいった。

「それは、違うと思うわ」

と、早苗がいった。

7

「なぜ、違うと断定できるんだ？」

三田村は、怒ったような声で、早苗にきいた。

早苗は、あくまでも冷静な口調で、

「神崎医師は四十歳で、独身なの。金もあるしハンサムだし、前途有望な輝ける中年だわ。同僚や所長の話でも、女性によくもてるらしいの。お見合い話も、いくつかあるといっていたわ。つまり、ＯＬの三宅ユキを囲ったりする必要もなかったと思うわ。それに、もし、彼女と関係があって、月に百万ずつ渡していたのなら、ＯＬはやめさせていたと思うのよ。男は、独占欲が強いから」

といった。

「すると、やはり、彼女はＯＬと売春の二重生活をしていて、客との間の金銭のこじれで、殺されたということになるわけか？」

三田村が、きいた。

「捜査方針は、そのとおりだよ」

と、十津川がいった。

「容疑者は、あがりましたか？」

と、三田村はきいた。

「まだだが、目撃者が現れた」

と、亀井がいった。

「犯人を目撃したということですか？」

「三宅ユキが殺された直後と思われる時刻に、あのアパートから急ぎ足で出てきた男が、目撃されていたんだよ」

「男ですか？」

「そうだ。年齢は、三十七、八歳。身長は百六十五、六センチ。白っぽいポロシャツを着ていた。サングラスをかけて、顔を隠すように出ていったので、顔ははっきりとはしていない」

と、亀井はいった。

「神崎医師とは、別人ですか？」

と、三田村はきいた。

「明らかに別人だな。北条刑事の話では、神崎は、百八十センチの長身だ」

「別人ですか」

三田村は、がっかりした顔になった。

「君は、どうしても、神崎医師が犯人だと思っているのか？」

と、十津川がきいた。

「犯人とは断定できませんが、今回の事件に関係しているのではないかと思っています」

と、三田村はいった。

翌日、三田村は、神崎に会ってきたいと十津川にいった。

「それなら、北条刑事と一緒にいけ」

と、十津川はいう。

「しかし、彼女は昨日、会っているはずですが」

と、三田村は文句をいった。

「君は、神崎が今度の殺人事件に、関係していると信じている。その先入主《せんにゅうしゅ》を持って、彼に会いにいくのを心配しているんだ。それから、これを持っていけ」

と、十津川は一枚の似顔絵を、三田村に渡した。

犯行直後に、目撃されたという男の似顔絵だった。

「それをよく見てから、神崎医師に会ってこい。別人だと肝に銘じておけば、変な先入主を持たずにすむからな」

と、十津川はいった。

三田村は、それをポケットに突っこんで、早苗と御茶ノ水の研究所に向かった。

洒落た三階建てのビルに、誇らしげに精神医学研究所の看板がかかっていた。

早苗が事務局に話をし、二人は一階の応接室で神崎に会った。

確かに神崎は長身で、輝ける中年という感じの男だった。頭脳明晰を、絵に描いたような顔をしている。

そして、自信に満ちた目で二人の刑事を見て、

「何か、警察の捜査に協力できることがあればしたいとは思いますが、秋のアメリカ行に備えて、いろいろと用事があるので」

といった。

「三宅ユキさんは、しっていますね？」

と、三田村はきいた。

「それは、そちらの刑事さんに話しましたよ。彼女が女子高生のときに、問題を起こして、そのときには学校や家族の相談にのりましたが、それだけです。東京でＯＬをしていたことも、しりませんでした」

と、神崎はいった。

「最近、会ったことは、まったくないというわけですね？」

「そのとおりです」

「これは、あなたが、花巻市立病院の佐藤医師に、今年出された年賀状ですね？」

と、三田村は預かってきた年賀状を相手に見せた。

神崎は、それを受け取って見ていたが、

「確かに私の出したものですが、これがどうかしましたか？」

「そこに、研究テーマと書いてありますが、ここで、どんなテーマについて、研究されているんですか？」

と、三田村はきいた。

「それはいろいろです。現代は、人間の精神が病んでいます。ますますひどくなっていくでしょうね。だから、研究することはいくらでもありますよ」

と、神崎はいった。

「しかし、アメリカにいかれるのは、何か一つテーマをしぼってのことではないんですか？」

「そんなことはありません。精神医学全般についてです」

と、神崎はいった。

「そうですか」

と、三田村は、いちおう、うなずいた。が、神崎とわかれると、早苗に、

「おかしいな」

と、いった。

「何が？」

「精神医学全般についてなんて、おかしいと思うんだよ。もっとテーマを決めて、アメリカに勉強にいくはずだ。それでなければ、わざわざ、アメリカに勉強にいく必要はないんじゃないか」

と、三田村はいった。

「それが、今度の事件にどう関係があると思うの？　関係がなければ、彼が嘘をついていたとしても、私たちにとっては、意味がないわ」

と、早苗はいった。

「ここの所長に会ってくる」

と、三田村はいった。

「騒ぎは起こさないでよ」

「そんなことはしないさ」

と、三田村はいった。

三階にある所長室で、二人は、所長の三島《みしま》に会った。

三島は六十歳くらいで、医師というより、事業家の感じの男だった。

三田村の質問に対して、三島は、あっさりと、

「神崎君の研究テーマは、今はやりの人間の多重人格についてですよ。その一番、典型的な例としての二重人格です」

と、教えてくれた。

その面でアメリカの研究が進んでいるので、神崎は、秋に渡米するのだともいった。

「しかし、神崎さんは、精神医学全般について、アメリカで勉強してくるのだと、いっていますがね」

と、三田村はいった。

「それはおかしいですね。そんな、曖昧なテーマで、アメリカへいってもしかたがありません。なぜ、きちんと説明しなかったんだろう？」

と、三島は首をかしげた。

「神崎さんは、五年前にここへ移ってきたんでしたね？」

「そうです」

「そのときから、多重人格について、研究していたわけですか？」

「そうです」

と、三島はうなずく。

「神崎さんは、どんな研究の仕方をしていたんですか？」

と、三田村はきいた。

「二重人格についていえば、それが、生まれつきのものか、あるいは環境によって作られるものか、もし、環境によるものなら、環境を変えることで治癒《ちゆ》するのではないか、そういうことを研究していますが――」

「逆にいえば、環境を変えていけば、二重人格は先鋭化していくということも、考えられますね」

と、三田村はいった。

「まあ、そういうことも、いえなくはないでしょうが――」

三島は、苦笑した。

だが、三田村はにこりともしないで、

「環境を問題にするとなると、モデルが必要になってくるんじゃありませんか？」

と、三島にきいた。

「モデル？」

「そうです。二重人格の人間をモデルにして、いや、モルモットにして、その人間の環境を変えて、冷静に観察する。医者としては、それがやりたい方法なんじゃありませんか？」

と、三田村はいった。

「あまり、穏やかないい方じゃありませんね」

と、三島は渋面《じゆうめん》を作った。

「私は穏やかに、いっているつもりですが」

と、三田村はいった。

8

研究所を出ると早苗が、

「まるで所長に、喧嘩を売ってたみたいだったわ」

と、笑った。

「喧嘩を売ったのは、所長にではなく、神崎という男にだよ。あれだけいっておけば、所長は神崎に話すだろう。そう思ったんだ」

と、三田村はいった。

捜査本部に戻ると、十津川が苦笑しながら、

「今、神崎医師から電話で抗議があったぞ。まるで、自分を殺人犯扱いをしたといってだ。君は何をいったんだ？」

と、三田村を見た。

「殺人犯扱いをしたというのは、嘘ですよ。なぜ、彼が嘘をつくのか、それが不思議だっただけです」

と、三田村はいった。

三田村は、神崎が、研究所での研究テーマについて、曖昧ないい方をしたことを告げた。

「しかし、犯人を神崎だと断定してるつもりはありません。ただ、何らかの関係はあると思っています」

と、三田村はいった。

「どう関係していると、思うんだ？」

と、十津川は笑いを消し、厳しい目で三田村を見た。こんな表情のときは、彼が三田村の話に強い興味を持った証拠だった。

「今まで、三宅ユキは、ＯＬと売春の二重生活をしていたと思われてきました。しかし、私は、これは二重生活ではなくて、二重人格ではないかと思うんです。五年前、三宅ユキは突然、市会議員をカッターナイフで刺しました。彼女は、目立たないおとなしい生徒だったといわれています。学校は、なぜ、あんなおとなしい娘がと狼狽した。親もです。だが、神崎は別の見方をした。彼女の別の人格が、ああいう形で顔を出したのではないかとです。そこで、神崎は金を使って、三宅ユキという少女を、自分の研究のモルモットにしようと考えたんです」

「金を使って――か？」

「そうです。彼は、父親が病身で困っている母親に、金を与えて文句をいわせず、三宅ユキを東京に連れていきました。自分も東京の研究所に移って、三宅ユキを五年間にわたって観察したんだと思うのです。モルモットでも見るみたいにです」

と、三田村はいった。

「モルモットみたいにねえ」

「彼の研究テーマは、二重人格というのは、環境によって変化するのか、ということだそうです。そこで、彼は、三宅ユキに地味なＯＬ生活を送らせる一方、月に百万もの金を与えて贅沢をさせた。派手なドレスや、外国のスポーツカーを買い与えた。おそらく、そうした外見の贅沢さだけでなく、いろいろな刺激も与えたのではないかと思いますね。彼は、医者ですから、薬を手に入れることもできると思います。したがって、いろいろな薬を手に入れて、彼女に与えていたことだって、充分に考えられます」

「ずいぶん思い切った推理をするものだな」

と、十津川はいった。

「今考えると、地下鉄の車内で、酔っ払いの男が暴れたのも、神崎があの男に、金を与えて車内の三宅ユキの反応を見たんじゃないかと、思っているんです」

と、三田村はいった。

「では、似顔絵の男のことは、どう考えるんだ?」

と、十津川がきいた。

「目撃された男ですか?」

「そうだ。まさか、君は神崎が三宅ユキを殺したとまでは、思っていないんだろう?」

「そこまでは、考えていません。あの男は直接、手をくだすような人間じゃありません。もっと冷静な男ですよ」

と、三田村はいってから、

「たぶん、似顔絵の男は、神崎に頼まれて、彼のモルモットである三宅ユキを観察していたんだと思いますね。つまり、神崎の顕微鏡だったんです。金の力で、三宅ユキの環境をどんどん変えていき、似顔絵の男にそれを観察させたんじゃないかと思うのです」

「殺した理由は?」

と、十津川はきいた。

「それはわかりません。が、今年の秋、神崎は念願だったアメリカにいくことになっています。たぶん、彼の研究テーマが完成して、それをアメリカの財団に送り、それが認められたんだと思います。そうなれば、モルモットである三宅ユキは、もう必要ありません。というより、邪魔な存在でしかありません。病人を治すべき医者が、逆に人格の分裂を助長するようなことをしていたことがわかったら、非難されます」

「それで口を封じたか？ そして、安心してアメリカへいけるか？」

と、十津川がきいた。

「そうです」

「それは、考えすぎのような気がするわ」

と、早苗がいった。

「確かに、考えすぎかもしれないが、興味はあるね」

と、十津川はいった。

「しかし、何の証拠もありませんよ」

と、いったのは亀井だった。

十津川はそれに対して「わかっている」とうなずいてから、三田村には、

「君の推理が当たっているかどうか、調べてみたまえ。ただし、くれぐれも慎重にだ。何しろ相手は医者だし、将来性のある人間だ。君のいうように、犯人かもしれないが、逆に人を助ける立派な医者かもしれないんだからな。だから、君ひとりで突っ走られては困る。それで――」

「わかっています。北条刑事と一緒にやらせてもらいます」

と三田村はいった。

彼は北条早苗と二人だけになると、

「とにかく、僕は、神崎という男を徹底的に調べるよ。君が、反対してもだ」

と、宣言するようにいった。

早苗は、笑って、

「私は別に、反対はしないわ」

「それならいい」

「でも、どうやって調べていくの？　神崎は違うというように、決まっているわよ」

と、早苗はいった。

「まず、三宅ユキについて、調べ直してみる。きっとどこかで、神崎と最近でも繋がっているはずだ」

と、三田村はいった。

「一緒にやりましょう。彼女が花巻の高校から、東京の高校に転校してきたときから、始めましょう」

と、早苗はいった。

三田村が、花巻の高校に電話をかけ、そのあたりのことをきいた。

担任教師の話では、三宅ユキが、転校したのは、東京四谷《よつや》の私立W高校だったという。

二人は早速、この高校を訪ね、五年前、三宅ユキが転校してきたときのことをきいた。

校長の話によると、転校の手続きをしにきたのは両親ではなく、神崎だった。

「なんでも、ご両親は病身で上京できないということでした。それで、神崎さんがみえました。立派な精神科の先生ということで、すぐ、転入を許可しましたよ」

と、校長はいった。

「彼女は、一年間だけここにいたわけですね？」

と、三田村は、念を押すようにきいた。

「そうです」

「どんな生徒でした？」

「おとなしい、あまり目立たない生徒でしたよ」

と、校長はいう。

「問題を起こしたことはありませんか？」

と、三田村がきくと、校長は急に表情をこわばらせて、

「とんでもない。何も問題はありませんでしたよ」

と、いった。

「校長先生。本当のことを話してくれませんか？　何を話してくださっても、絶対に外部には漏らしません。警察に協力してもらえませんか」

と、三田村は頼んだ。

校長は、考えていたが、

「これは、噂なんですよ」

「話してください」

「十月頃だったと思いますが、彼女が頭に包帯を巻いて、登校してきたことがあるんです。きくと、昨夜、自転車に乗っていて、電柱にぶつかったといったんで

すが――」

「嘘かどうかは、わかりませんが、その一週間後に、バイクを乗り回す暴走族が、警察にあげられましてね。すべて未成年の男女六人だったんですが、彼らが、仲間のなかに、うちの女生徒がいたといったんです」

「それが、三宅ユキだったというわけですか？」

「話をきくと、どうも彼女らしいし、ほかのグループとの抗争で、頭に怪我をしたともいいますしね。念のために、彼女を呼んできくと、きょとんとしているんですよ。それで、これは違うなと思いましたが、彼女が住んでいるアパートを調べると、バイクを持っていることがわかったんです。私の学校では、バイクを持つことを禁止しているので、びっくりして、神崎さんに連絡しましたよ。バイクを買い与えては困るといったんです。神崎さんは、申しわけなかったといわれて、すぐそのバイクを処分されましたがね」

と、校長はいった。

「しかし、転校してきたとき、バイク禁止は伝えてあったんでしょう？」

「もちろん、校則は渡していますが、神崎さんはしらなかったといわれましたのでね。ひょっとして、渡し忘れたのかとも思いました。あんな立派な方が、嘘をつくとは考えられませんでしたので」

と、校長はいった。

(神崎は、校則を承知のうえで、三宅ユキにバイクを買い与えたのだ)

と、三田村は思った。

そうしておいて、彼女の別の人格が現れるのを、待っていたのではないのか。

いったん、捜査本部に戻ると、十津川が、

「広田《ひろた》一彦《かずひこ》という男を調べてみろ」

と、三田村にいった。

「どういう男ですか?」

と、三田村がきくと、

「M医大を卒業したが、問題を起こして、医者になりそこねた男だよ。現在、業界紙の記者をやっているが、インテリヤクザと陰口を叩かれている。年齢は、三十四歳。酒と女が大好きで、いつも金に困っている」

「――」

「そして、例の似顔絵によく似ている」

と、十津川はいった。

「M医大を卒業していれば、医学知識は高いでしょうね」

と、三田村はいった。

「君のいう男に、ぴったりじゃないか？」

と、十津川はいった。

「私の――ですか？」

「君は、いってたじゃないか。神崎は、三宅ユキをモルモット代わりにして、二重人格について調べていたんじゃないかとだよ。自分が彼女を監視しているわけにはいかないから、誰かを顕微鏡代わりに使っていたんじゃないか、とだ。今いった広田は、その役に格好じゃないかね。医学知識はあり、金をほしがっているんだから」

「わかりました。どこへいったら、会えますか？」

「彼女のアパートの近くだ」

と、いって十津川は、メモを三田村に渡した。

9

三田村は、早苗と荻窪にパトカーを飛ばした。

なるほど、十津川のメモにあったマンションは、三宅ユキのアパートから二百メートルほどしか離れていない。

しかも彼女が、スポーツカーを置いておいた駐車場の傍なのだ。

彼女を監視するには、絶好の場所だろう。

そんなことを考えながら、三田村は早苗とパトカーを降り、306号室にあがっていった。

〈広田〉という小さな紙の表札が貼りつけてあった。が、ドアは閉まったままで、インターホンを鳴らしても応答がなかった。

「留守か」

と、三田村が呟いたとき、早苗が、

「匂いがするわ」

「匂い？」

「何か、焼ける匂い」
と、早苗が眉を寄せていった。
なるほど、何かが焦げるような匂いがした。
三田村は、一瞬、迷ってから、ドアを蹴飛ばした。
だが、ドアはびくともしない。
その間にも焦げる匂いは、強くなってくる。
三田村は拳銃を抜き出して、ドアの鍵の部分に向かって、一発、二発と撃った。
ノブの部分が破壊された。ドアが開く。
と同時に、部屋の奥から、炎が噴き出すのが見えた。
「一一九番！」
と、三田村は早苗に怒鳴っておいて、部屋に飛びこんだ。
奥に人間が、ひとり倒れている。
ワイシャツ姿の男が、この部屋の主の広田らしい。声をかけたが、返事がない。
その間にも、部屋の襖《ふすま》が燃え始めた。灯油の匂いもする。

三田村は、男の腕を摑んで、出口に引きずっていった。

煙が噴き出してきた。マンションの住人たちが、騒ぎ始める。

ついに、轟音《ごうおん》をあげて、大きな炎が立ちのぼった。熱風が、部屋から廊下に向かって噴き出してきた。

三田村は、広田の体を廊下に引き出したあと、ドアを閉めた。

早苗が、駆け戻ってきた。

「広田だ」

と、三田村は早苗にいった。

「息は？」

「駄目だ。死んでいる」

と、三田村はいった。

消防車のサイレンが、きこえてきた。

すぐ、消火作業が始まった。が、火勢が強く、簡単には鎮火《ちんか》に到らなかった。

一時、マンションの住人全員に避難命令が出されたくらいだった。

３０６号室は、燃えつきてしまったようだった。少なくとも、部屋のなかにあったものは、すべて燃えてしまった感じだった。

死んだ広田は、司法解剖のために大学病院に送られたが、後頭部に裂傷があることは、三田村にもわかった。

犯人は、背後から広田を殴り殺しておき、部屋に灯油をまき、簡単な時限発火装置を投げこんでおいて、逃げたのだろう。

部屋を焼いたのは、犯人が、何か自分と広田を結びつけるものが残っていては困ると、考えたからだろう。

「神崎に会ってきます」

と、三田村は険しい表情で十津川にいった。

三田村は早苗と、研究所へ、再度、神崎に会いに出かけた。

神崎ひとりの研究室で、彼に会った。

「忙しいので、話は簡単にすませてください」

と、神崎は、機先を制するようにいった。

「アメリカ行が、早まったそうですね?」

三田村は、ここの事務局で耳にしたことをまずぶつけた。

「そうです。急に早まりました。だから、今、出張準備で忙しいのですよ。向こうで発表する論文の整理もしなければなりませんのでね」

と、神崎はいった。

「多重人格と、環境の影響といったテーマですか？」

「テーマは、いろいろです」

「モデルは、三宅ユキですか？」

「何をいってるんですか？　渡米の準備をしなければならないので、失礼しますよ」

と、神崎は横を向いた。

三田村は、その横顔に向かって、

「それで、二人の人間を、始末したというわけですか？」

、

「何のことです？」

神崎は、眉を寄せて、三田村を睨《にら》んだ。

「実験材料の三宅ユキと、観測道具の広田の二人のことですよ。ユキをまず広田に殺させ、その広田をあなたは殺して火をつけた。そうやっておいて、安心してアメリカへいくわけですか？」

「私を、それ以上傷つけるようなことをいえば、告訴しますよ」

と、神崎はいった。

「できるものなら、やってみなさい。事実が明らかになるのは、望むところですよ」

と、三田村はいい返した。

「警察が、市民を侮蔑していいのかね？　君は刑事として失格だ」

「私が失格？　あなたこそ、医者として完全な失格者だ。ひとりの女性をモルモット扱いし、そのうえ、殺人まで犯しているんだ」

と、三田村はいった。

「何か、私が、そんなことをしたという証拠でもあるんですか？」

神崎は、開き直った感じで、三田村と早苗を見返した。

一瞬、三田村はつまってしまった。

「証拠は、見つかるさ」

と、三田村はいってから、

「アメリカの財団に提出するという論文を見せてほしい」

「なぜ、警察に見せなければならんのですか？」

「読めば、三宅ユキが、モルモットにされたことがわかる。だから、見たいんですよ」

「断ります。警察に見せるために、書いているんじゃない」

と、神崎はいった。

証拠がないので、それ以上、押すことはできなかった。

二人は、捜査本部に戻った。

神崎のアメリカへの出発は、一週間後になっていた。

三田村は、それまでに、証拠を見つけ出したいと思った。

広田の司法解剖の結果が出た。死因はやはり、後頭部を強打されたことによる、頭蓋骨の骨折だった。だが、それが神崎が犯人であるという証拠にはならない。

広田の部屋にあったと思われる手紙や写真などは、すべて燃えてしまった。

「何か、あるはずだ」

と、十津川はいった。

「何かといいますと？」

と、三田村が真剣な表情できいた。

「広田は、神崎に金で雇われて仕事をしていた。神崎に頼まれて、三宅ユキを医者の目で観察し、それを報告していたんだと思う。その揚句、彼女を神崎に頼まれて殺した。広田は馬鹿じゃない。次に狙われるのは、自分じゃないかと考えていたと思うね。だから、それに備えていたはずだよ」

と、十津川はいった。

「保険をかけていたというわけですか？」

「そうだ」

「しかし、それが何なのか、わかりません」

「君が広田の立場だったら、どんな保険をかけるね？」

と、十津川は三田村にきいた。

「私がですか？　平凡かもしれませんが、自分に、万一のことがあれば、真相を書いた手紙か写真が、警察に届くようにしておきますが」

と、三田村はいった。

「広田も、そうしておいたんじゃないかね？」

「それなら、ありがたいですか」

「問題は、警察に届けるように広田から頼まれていた人間が、きちんとやってくれるかどうかだな。忘れることはないだろうが、頼まれたものを警察に持参してくれる代わりに、それを犯人に売りつけることが考えられる」

と、十津川はいった。

「神崎を監視して、彼に会いにくる人間を、すべてチェックします」

三田村が慌てていうと、十津川は笑って、

「西本と日下の二人を監視に当たらせてるよ。君や北条君は、顔をしられているから、そのほうがいいと思ってね」

と、いった。

あとは、その結果を待つだけだった。

その日は、何の反応もなかった。捜査本部に連絡してくる人間もいない。

翌日の午後になって、神崎の監視に当たっている西本刑事から、携帯電話を使って連絡が入った。

「神崎が動き出しました。今、M銀行の前ですが、彼が出てきました」

「現金をおろしたのか？」

「日下刑事が、調べにいっています」

と、西本はいった。

その直後に、日下が、

「神崎は、一千万円を引きおろしたそうです」

と、報告した。

「強請られた感じだな?」

「そう思います」

「わかった。三田村と北条君も、そちらへいかせる」

と、十津川はいった。

三田村と早苗の二人も、西本たちに合流することになった。

銀行で、一千万円を引きおろした神崎は、タクシーで、新宿《しんじゅく》のKビルに向かった。

Kビルの三十六階にあるフランス料理店にあがる。

三田村たちも、その店にひとりずつ入っていった。

神崎が店のなかを見回してから、二十七、八歳の女の前へ進んで腰をおろした。

最初は、他人の感じで、料理を食べ始めたが、そのうちに、持ってきた紙袋を向かい合った女のほうに押しやった。

代わりに女が茶封筒を渡す。

その瞬間、三田村は駆け寄って、その茶封筒を押えた。

「何をするんだ！」

と、神崎が叫ぶ。

三田村は、構わずに、その大きな茶封筒を手にかかげて、

「表書きは、警視庁捜査一課長殿になっていますよ。それなら、われわれがもらってもいいわけじゃありませんか」

と、神崎にいった。

女が、逃げ出す。

それを、早苗や西本たちが取り押えた。

神崎は、そっぽを向いて、動かない。

三田村は、茶封筒の封を切って、中身をテーブルの上に取り出した。

三宅ユキの観察記録の写しが出てきた。

そして、録音テープ。

早苗が、店からテープレコーダーを借りてきた。

それで、テープを再生した。

電話のやり取りを録音したものだった。

神崎と広田との間の電話だった。広田は、万一に備えて、録音しておいたのだ

ろう。

――もう、三宅ユキの役目は終わった。あとは、私の邪魔にならないでくれればいい。

「しかし、彼女は何か事件を起こしますよ。ＯＬのとき以外に、前にも問題を起こしていますからね。そうなれば、あなたの名前が出ると思いますよ」

――それは困る。私の名前が傷ついては困る。

「じゃあ、どうしますか？」

――彼女が、私の邪魔にならないようにしてほしい。

「つまり、殺せということですか？」

――金は、払う。

「はっきりいってください。間違えると困りますからね。殺せということですね？」

――同じことを、何回もいわせるな。私の邪魔にならないようにしておけということだ。

「わかりました。殺します。それでいいんですね？」

——そうだ。

きいているうちに、神崎の顔がゆがんでくる。

三田村は、テープレコーダーのスイッチを切って、神崎を見た。

「これから、同行してもらいますよ」

と、三田村は強い調子でいった。

目撃者たち

1

向かいのマンションなり、ホテルの窓に、男女の姿が見えた時、最初に考えるのは、向こうが、見えたのだから、向こうから、こっちも、見えたのではないかということである。

こちらが、明かりを消していれば、こうした心配はないのだが、こちらも明るければ、この心配は、ついて回る。

M製薬の販売部長、三浦吉良《みうらよしろう》も、この不安に襲われたひとりだった。

九月二十二、二十三日の、土曜日を入れれば三連休を利用して、三浦は、前からつき合っている白石多恵《しらいしたえ》を連れて、伊豆《いず》に旅行した。

多恵は二十二歳。ほとんど無名のタレントだが、M製薬の新薬の宣伝モデルに抜擢されたことで、三浦と知り合った。三浦は、三十六歳年下の彼女に溺れた。いや、このいい方は、正確ではないかもしれない。五十八歳まで、多少の浮気の経験はあったが、女に、溺れたことはなかったし、自制心はあるほうだと、思っていた。

妻の可奈子《かなこ》との間に、一男一女があり、長男の明《あきら》は、三十歳。すでに結婚し、現在、同じM製薬の研究室で働いている。長女のひとみは、大学を卒業したあと、フランスに留学していた。

妻とは、惰性で、続いているようなものだが、これも、普通の夫婦関係といっていいのではないか。惰性といっても、そのことにお互いに、不満があるわけではない。他人にきかれれば、お互いに空気のような存在と、三浦もいい、妻の可奈子も、いっていた。

それが、二年ほど前から、違ってきた。このままでは、仕事の上での成功はあっても、何の面白味もない人生で、終わってしまうのではないか？

そんな不満が、胸に芽生えてきたのである。死ぬ時、それまでの人生を振り返ると、あまりにも、混乱のない、つまらない人生になってしまっているのではあるまいか。

そう考えた時、一度は、若い女に溺れてみたいと、思うようになったのだった。自分の人生は、すべてに臆病だったと思う。浮気も、ほどほどだったし、ギャンブルだって、競馬に、ちょっと、手を出したくらいである。会社を、やめることなんか一度も考えたことはない。

そんな、ぬるま湯に浸《ひた》っているような、今までの人生に、ふと、反逆したくなったのである。

ギャンブルに溺れるには、その素質はない。女になら、溺れられるだろう。若い女に溺れて、翻弄されて、どうなるのかしりたい。甘美な冒険だ。一生に一度くらい、そんな冒険をしてみたいと思った。

逆にいえば、自分は、一時的に女に溺れても、どこかで、立ち直れるという自信があったから、若い女に溺れたいと、思ったのかもしれない。

そして、その機会は、意外に早くやってきた。若い、魅力的な女、白石多恵が、目の前に現れたのだ。

しかも、多恵は「あたしは、年上の男にしか興味がないの」と、暗に、誘いをかけてきた。

そして三浦は、多恵に溺れていった。自分から溺れたいと願っていたのだが、ひょっとすると多恵の罠に、落ちたのかもしれない。いずれにしろ、三浦は、多恵と関係ができ、連休を利用して、伊豆に遊ぶことになった。

妻の可奈子には、会社の同僚と、伊豆高原に、ゴルフにいくといってある。その話を、妻が信用したかどうかは、わからない。最近の彼女は、奥さん連中で、旅行に出かけたり、趣味の絵をやったりしていて、夫の行動には、あまり、関心がないように見えていた。

三浦が、多恵と利用した修善寺《しゅぜんじ》の旅館は、まだできて、三年という真新しいホテル形式のものだった。

特別室には、小さな露天風呂がついているのが、自慢というもので、多恵の希望もあって、その特別室に、チェックインした。

最上階の七階にある特別室は、居間に、寝室がつき、ベランダが五坪ほどの庭になっていて、そこに、二、三人が入れる露天風呂がついている。

二十二日は、夜になっても、いい天気で、多恵にせがまれ、その露天風呂に入った。

綺麗な月夜で、露天風呂に入るのは、快適だった。

ただ、入る段になって、川の向こうのホテルの部屋が、五、六十メートル先に並んでいることが、気になった。

どの部屋も、こちらに遠慮してか、カーテンが閉っているのだが、一部屋だけ、開いていて、その部屋に泊まっている男女の姿が、丸見えだった。

さすがに、三浦は、裸になるのが、ためらわれたが、多恵はかえって、楽しそ

うに、

「向こうが見たいのなら、見せてあげましょうよ」

と、さっさと、裸になっていった。

二十二歳の裸は、まだ、贅肉のかけらもなくて、美しい。三浦はそれを羨やましい、というより、賛美の感じで、眺めていた。

多恵は、裸身を、隠す気配もなく、どぼんと音を立てて、檜《ひのき》の浴槽に沈めてから、三浦に向かって、

「あなたも、早く、入ってみて。気持ちがいいわよ」

と、叫ぶように、いった。

三浦も、浴衣を脱いで、裸になった。五十代にしては、スリムだと自信は持っていたが、二十代の多恵の前では、やはり、年齢は、ごまかしようがない。

それでも、多恵の横に、体を沈めて、左手で、彼女の体を抱くようにした。瘦せているのに、重量感のある体だった。

多恵が、お湯のなかで、くすぐったいといって、笑った。

彼女が、笑いながら、唇を寄せてきた。

軽く、キスをしてから、三浦は、向かいの部屋の男女に、目をやった。

こちらと同じように、若い女と、中年の男の二人連れである。

二人とも、浴衣姿だった。

三浦たちを、見ているのか、見ていないのか、わからない。

なぜか、窓のカーテンを閉めずにいる。部屋の奥に、布団が敷いてあるのが見える。突然、二人が、抱き合った。女のほうから、キスしているのが、わかる。

「だいたん――」

と、多恵が、感心したように、いった。

「こっちが見ているのに、気がつかないのかな？」

と、三浦は、呟いた。

「気がついてて、かえって、あたしたちに、見せつけてるのかもしれないわ。それとも、あたしたちを見て、刺激されたのかしら」

と、多恵は、笑う。

三浦自身も、この瞬間、向かいのカップルに刺激されていた。

普段は、冷静なほうだと、自負していたところがある。だからこそ、自分のその冷静さがいやになることがあり、若い女に溺れてみたいなどと、気負ったことを考えたのだし、多恵と関係したのである。

だが、この瞬間だけは、頭でなく、向かいのカップルに、感覚が対応してしまった。

向こうも、こちらと同じ年齢差に見える男と女だったことが、三浦の闘争心に火をつけたということかもしれない。

若い多恵は、それを喜んで、さらに、三浦の気持ちを、あおるように、浴槽から出て、自分の肉体を、向こうに見せびらかし、三浦の体を、抱きしめて、けしかけるようなことをする。

三浦には、さすがに、そこまでの勇気はなくて、すぐ、湯舟に、体を沈めてしまった。

向こうの男は、その瞬間、勝ち誇ったように、若い女の体を抱きしめ、長いキスをして見せた。

そのあと、向こうの男は、なぜか、急に、じっと、こちらを見つめるポーズをとった。そのことが、三浦を不安にさせた。

ひょっとして、三浦の顔に、見覚えがあって、それを、確かめているのではないかと思ったのだ。

「出よう」

と、三浦は、多恵にいった。

「どうしたの？」

と、多恵が、きく。

「いいから、出よう。先に出るぞ」

と、三浦は、向こうの部屋に背を見せて、湯舟から出た。

露天風呂の外に出る時、ちらりと、向こうの部屋に目を走らせると、相手の男は、まだ、こちらを凝視していた。

慌てて、脱衣所に入り、浴衣を着ていると、多恵が、不満気な顔で、出てきて、

「逃げなくてもいいのに」

「逃げたわけじゃない」

と、三浦は、眉を寄せて、いった。

「でも、向こうのホテルの二人に見られたんで、慌てて、風呂から出たんでしょう？」

と、多恵が、絡むように、いう。

「私は、M製薬の部長だよ」

「だからまずいと思ったの？」

「今は取締役のなかに入れるかどうか、大事なときなんだ。君との関係が、公《おおやけ》になると、取締役になるのが、難しくなるかもしれない」

「大丈夫よ」

「何が、大丈夫なんだ？」

「向こうだって、不倫の関係だと思うわ。あんな夫婦があるとは、思えないもの。たぶん、大会社の幹部社員と、その女子社員か何かよ。だから、あの二人が、あたしたちのことを、ほかに喋ったりすることはないわよ」

と、多恵は、笑いながら、いう。

「そう決めつけていいものかね」

「何を怖がってるの？　いつだったか、若い女に溺れてみたいようなことを、いってたじゃないの？」

と、多恵が、いう。

「あれは、願望を、いったんだよ。男は、たいてい、そんな願望を持ってるものさ。だが、現実に、そんな願望が、通らないことも、しってるんだよ」

と、三浦は、いった。

「意気地《いくじ》がないのね」
「現実をしってるだけだ」
と、三浦は、いった。

2

三浦は、もう二、三日、伊豆にいたいという多恵とわかれて、東京に、帰った。

だが、あの男の目が、やたらに、思い出された。

最初、向こうの男女は、三浦たちに、気がつかなかったのである。

こちらが、見つめているうちに、向こうも気づいて、一時、意地の張り合いになった。少なくとも、多恵は、こちらの仲のよいところを見せつけようとし、一瞬、三浦もそれに乗ったような気分になった。

そのあと、急に向こうの男が、こちら、というより、三浦を、凝視するようになったのだ。

女を抱き締めながら、男は、目を細めるようにして、三浦を見つめたのだ。明らかに、三浦を、どこかで見た顔だと思い、誰だったか、思い出そうとして、三浦を、じっと見つめ出したに違いない。

たぶん、前に、どこかで、会ったことがあるのだ。

三浦は、大企業の販売部長として、それ相応の交際範囲を持っている。友人、知人もいるし、敵もいる。

パーティなどで、一度か、二度、紹介された人間なら、四、五百人はいるだろうし、そのひとりひとりを、覚えているわけではない。

あの男も、そのなかのひとりに違いないと、三浦は、思った。年齢は、三浦と同じくらいだろう。多恵は、たぶん、大会社の幹部で、女子社員との不倫旅行だろうといっていたが、三浦も、そんなところだろうと思う。

だから、多恵は、安心よといったが、三浦は、彼女のように、安心はしていられなかった。

多恵にもいったのだが、M製薬は同族会社で、三浦は社長の甥《おい》にあたる。今、取締役が、五人いる。まず、その取締役陣に入るのが、社長への道なのだ。

来年の四月に、株主総会があるが、現在の取締役がひとりやめ、その代わりに、部長のなかから、誰かが、その椅子につくと、いわれていた。三浦は、二番手と考えて、多恵との関係を続けていたのだが、ここにきて、急に、取締役の交代は、二人になるという情報が入ってきた。

そうなると、三浦にも、芽が出てくる。当然、身辺は、綺麗にしておきたい。多恵とのことが、公になり、週刊誌にでも書き立てられたら、いくら、女性関係には、寛大だといわれるM製薬でも、取締役レースに、不利に働くことは、否定できないだろう。妻の可奈子が、多恵のことをしって、騒ぎ立てたりすれば、致命傷になりかねない。

三浦は、あの男の顔を、思い浮かべてみた。五十歳ぐらいか、角張った顔で、目が細い。唇は薄いほうだろう。

頭髪はだいぶ、薄くなっていた。身長は、百七十センチ前後で、やや、太っている。

あれが、高級官僚か、大企業の幹部といった、自分の地位を大事にする人間で、妻に内緒で、若い女と、伊豆の修善寺に、きていたのなら、三浦と同じ立場ということで、一応は、安心なのだ。向こうだって、不倫を、しられたくないはずだから。

（しかし——？）

どうしても、こちらを、覗くように見つめた、あの目が気になって仕方がないのだ。

たとえ、高級官僚や、大企業のエリートでも、もし、ギャンブルや、株などで、莫大な借金を負っていて、金をほしがっていたら、状況は、変わってくる。三浦のことを、どこかで見た顔だと思い、M製薬の部長としれば、強請りをかけてくるかもしれない。

翌日、多恵から、電話が、かかった。

「まだ、修善寺にいるの」

「あまり、私に電話を、かけてくるな」

と、三浦は、いった。

多恵は、電話の向こうで、笑った気配がしてから、

「何を、びびっているの」

「別に、びびっているわけじゃない」

「あの男が、気になっているんでしょう？　だから、あたしが、調べてあげたわ」

と、多恵は、いった。

「調べた？」

「ホテルの名前は、すぐわかったから、向こうのフロントにいって、いろいろと、きいてみたわ。大丈夫よ。こっちのことは、何もいわなかったから」

「何が、わかったんだ？」

「あの二人は、今朝早く、チェックアウトしてるわ。泊まり客の名簿によると、二人とも、東京の人間で、男の名前は、山田一郎《やまだいちろう》で、女は、同広子《ひろこ》となっていたけど、住所も名前も、いんちきね」

「確かに、いんちき臭い名前だな」

「住所だって、五丁目までしかない地区なのに、六丁目と、書いてあったわ」

「それにしても、よく、フロントが、名簿を、君に見せてくれたな？」

「その代わり、フロント係に、二万円摑ませたわ。それは、あたしの貸しよ」

と、多恵が、いう。

「ほかに、何かわからなかったか？」

と、三浦は、きいた。

「シャネルのバッグがほしいわ」

「シャネル？」

「ええ。明日、東京に帰って、教えてあげるから、シャネルのバッグを買って。今度、新しいのが出たの」

と、多恵は、呑気なことを、いった。

翌日、多恵が、会社のほうに電話してきて、帰りに、新宿《しんじゅく》の喫茶店で、会った。

多恵は、にこにこしている。

「シャネル、買ってくれるわね？」

「それは、君が、何を調べてきたかによるよ」

「男の人は、どこの何者かわからないけど、女のほうは、わかったわ」

と、多恵は、いう。

「どこの誰なんだ？」

「六本木《ろっぽんぎ》の『楓《かえで》』というクラブのあけみという女だわ。本名はわからない」

「なぜ、そんなことが、わかったんだ？」

不思議になって、三浦が、きくと、

「お金の力よ。向こうのホテルのルーム係にも、二万円摑ませて、何かしらないかときいたら、この名刺が、二人の部屋に、落ちていたんですって」

と、多恵はいい、一枚の名刺を、三浦に見せた。

小型の名刺で、そこに、次の名前が、印刷されていた。

〈クラブ「楓」　あけみ

六本木Sビル　地階〉

電話番号も、載っている。

「あの女と関係のない名刺ということはないのか？」

「あの二人は、二日間、泊まっていたのよ。二人が入るとき、部屋は掃除してあったといってるし、他人の名刺を落としていくなんてことがあると思う？」

多恵は、怒ったような声を出した。

「わかった」

「それなら、バッグを買って」

「いくらぐらいするんだ？」

「二十五万」

「高いな」

「でも、三浦さんは、取締役に、なりたいんでしょう？」

「わかった」

と、三浦はいい、ポケットから、封筒を取り出して、多恵に渡した。

「四十万入っている。バッグの代金と、君が向こうで調べるのに使った費用には充分な金だろう」

「ありがとう」

多恵は、その封筒を、バッグに押しこむと、嬉しそうに、店を出ていった。

三浦は、しばらく、店に残って、考えていた。

女のことは、わかった。だが、本当にほしい情報は、男のことだった。無害な男とわかれば、ほっとできるのだ。

三浦は、手帳を取り出し、そのアドレス欄に書かれている大学時代の友人のひとりに、電話してみることにした。

名前は、木戸浩《きどひろし》。探偵事務所を、四谷《よつや》でやっている男だ。

電話で、約束し、その日のうちに、会いに出かけた。

夜の九時に近かったが、木戸は、待っていてくれた。三浦は単刀直入に、

「君に、内密で調べてもらいたいことがある」

と、いった。

「何を調べるんだ？」

と、木戸は、少しばかり、疲れた声できいた。前に会った時「探偵なんか、ヤクザの仕事だ」と、いったことがある。そのせいか、酒が進むようになったとも、いっていたのを、三浦は、思い出した。

三浦は、例の名刺を、木戸に見せた。

「この女のことを調べてもらいたいんだ」

「君の女か？」

「違うよ」

と、三浦は、笑ってから、

「特に、男性関係を調べてくれないか？　特定の男がいると思うんで、その男の名前を、しりたいんだ」

「この、あけみの男か？」

「そうだ」

「それでも、君とは、関係のない女なのか？」

木戸は、疑わしげに、三浦を、見た。

「僕の友人が、関係している女なんだ。その友人のために、調べてやりたいだけだよ」

と、三浦は、嘘をついた。

3

「あたし。あけみよ」

「何だ?」

「なぜ、あたしのことを、疑うの?」

「疑うって、何のことだ?」

「あたしに、あなたのほかに、男がいると、疑ってるんでしょう?」

「何をいってるんだ?」

「私立探偵が、あたしのことを、調べてるみたいなのよ。あなたが、頼んだんでしょう?」

「私が? 馬鹿なことをいうな」

「今、あたしが、つき合ってるのは、あなただけよ。あなた以外に、誰が、あたしのことを、私立探偵に頼んで、調べさせたりするの?」

「私のほかにも、男はいたろう？　きいたことがあるよ。そいつが、君に未練があって、調べてるんじゃないのか？」

「あなたのいってるのは、広田恭一《ひろたきよういち》のことなんじゃないの？　タレントの」

「そうだ」

「彼なら、一カ月前から海外ロケで、フィリピンにいってるわ。だから、彼が、探偵に頼むはずがないの」

「ほかには、いないのか？」

「あなただけよ」

「私は、探偵事務所に、頼んだりしていない」

「じゃあ、誰なの？」

「何か、思い当たることがないのか？」

「ひょっとすると――」

「ひょっとすると、何だ？」

「あなたの奥さんかもしれないわ」

「それなら、まず、私のことを、調べるだろう。私は、探偵に調べられてはいないよ」

「何かの拍子に、奥さんに、あたしのことを、いったんじゃないの？　それとも、あたしの名前を書いたアドレスブックを、奥さんに見られたりしたんじゃないの？」

「私は、そんな馬鹿なことはしない。アドレスブックに、君の名前を書いたりはしないよ」

「でも、奥さんは、あたしのことを、うすうす、気づいているんでしょう？」

「気づいているかもしれないが、君のことを、探偵事務所に調べさせるような女じゃない」

「どんな女なの？」

「さっさと、私とわかれる女だよ。そして、とてつもない慰謝料を請求してくるはずだ。私が、払い切れないようなね」

「あなたでも、あなたの奥さんでもないとすると、いったい誰が、何のために、あたしのことを、調べてるの？」

「君の何を調べてるんだ？」

「あたしのすべてをよ。特に、男関係を調べてるみたいだわ」

「ちょっと待て」

「どうしたの？」

「修善寺で、川の向こうのホテルの露天風呂に入っていた男と女のことを、覚えてるか？」

「覚えてるわ」

「ひょっとすると、あの二人かもしれない」

「あの二人？　なぜ、あの二人が、あたしのことを、調べたりするの？」

「君は、名刺を、持っていたな？　修善寺で見せてもらったやつだ」

「あれが、どうかしたの？」

「向こうのホテルに、落としてきたんじゃないのか？」

「わからないわ」

「わからないって、何だ？」

「何を怒ってるのよ。いちいち、そんなこと、気にしてないもの」

「調べてみれば、わかるだろうが。今、そこになければ、向こうに、落としてきたんだ。そうだろう？」

「でも、一枚しかないわけじゃないんだから。百枚は使ってるし、伊豆へいくときも、二十枚くらい持ってったのよ。もし、店へきてくれそうな人がいたら渡そうと思ってね。だから、一枚ぐらい、落としてきても、わからないのよ」

「だらしのない奴だ」

「名刺を一枚ぐらい失くしたからって、それが何なのよ！」

「私立探偵が、君のことを調べ出したのは、君の名刺が、もとになってるかもしれないと思うからだ」

「でも、なんで、あたしのことを調べるのよ？　名刺に、ちゃんと、店の名前も、あたしの名前も出てるんだから、それ以上、調べる必要なんか、ないじゃないの？」

「君のことを調べてるんじゃない」

「じゃあ、誰のことを調べてるのよ？」

「たぶん、私のことだ」

「あなたのこと？　どうして？」

「修善寺で、向かいの露天風呂に入っていた二人、特に、男のほうが、私を見ていた。それを、覚えているだろう？」

「ああ、変な不倫カップルでしょう？　あの二人が、どうしたの？」

「あの男のほうだ」

「しってる人？」

「私のことを、じっと、見ていた。どこかで会ったんだろうが、思い出せない」

「そんなこと、どうだっていいじゃないの。向こうだって、あたしたちだって、不倫カップルで、どっちも、どっちじゃないの」

「そうじゃないんだ」

「何がよ？」

「あの男だが、もしかすると、バブルがはじけて、何億もの借金を抱えているのかもしれない」

「だとしたら、どうなの？　あたしたちとは、何の関係もないじゃないの？」

「いいか。よく考えてみろ。あいつが借金に困っていて、私と君を見たら、どう思うと思う？　彼は、きっと、私たちを、不倫の仲だと思ったろう。そこで、私を脅迫したら、金になるんじゃないか。私が、もし、金に困っていたら、同じことを考えたと思うからね」

「被害妄想じゃないの？」

「そう思いたいが、私立探偵が、君のことを、調べているとなると、話は別だ。その私立探偵は君のことをしりたいんじゃなくて、私のことを、しりたいんだよ。私のことを調べて、金を取れるかどうか、しりたいんだ」

「強請られたら困るの？」

「決まってるだろう。私は、これでも、地位も、名誉もある人間だ。君とのことが、明らかになれば、その二つを失う恐れがある」

「意気地がないのね」

「君には、私の気持ちは、わからないよ」

「いっておきますがね、あなたが怖がったって、わたしは、わかれませんからね」

「――――」

「何を黙ってるの？　あたしから、逃げるつもりなの？」

「あの男のことを考えてるんだ。君のことを調べてる私立探偵は、遠からず、私の名前を調べあげる。それなのに、私は、あの男のことを、何もしらないんだ。それでは、防ぎようがない」

「そんなに、怖いの？」

「怖いよ。そうでなくても、今は、私たちのような役人に対して、風当たりが強いんだ。批判にさらされている今の時期に、いくら連休とはいえ、ホステスと、温泉にいっていたとなれば、どんな窮地《きゅうち》に立たされるか、わかったものじゃない」

「ねえ」

「何んだ？」

「あたしに任せなさいよ」

「君に任せる？　おい。馬鹿な真似をするんじゃないだろうな？」

「あたしは、あなたが好きなの。わかれられない。だから、あたしが、あなたの力になってあげたいの。あんな男に、あなたを強請らせたりしないわ。絶対に」

「ちょっと、待ってくれ。私を困らせるようなことはしないでくれよ」

「大丈夫。任せて」

4

三浦は、木戸と、新宿で会った。

「君のいっていたあけみの男関係が、少しずつわかってきたよ」

と、木戸は、いった。

「そうか。彼女がつき合っているのは、どんな男なんだ？」

「N区の助役だ。五十一歳。頭の切れる男で、将来は、中央政界への野心もあるといわれている。名前は、名倉俊一《なぐらしゅんいち》だ」

「地位のある男か」

三浦は、一応、ほっとした気分になった。そんな男なら、彼を強請ったりはしないだろう。向こうだって、不倫中だったのだから。

木戸は、言葉を続けて、

「今のN区の区長は、七十八歳で、心臓をわずらって、入院中でね」

「――」

「近く、区長職を退《しりぞ》くといわれている。そうなると、今年中に、区長選挙となり、名倉は、次期区長の椅子を狙うと思われている」

「そうか――」

「金が要るな」

「え?」

「N区では、三期続いた今の区長の収賄疑惑が、囁かれていてね。区政刷新を叫んで、有力な新人が、区長選挙に出馬が予想されているんだ。そうなると、助役の名倉も、簡単に、勝てない。だから、金が要る」

「――」

「どうしたんだ？」

「いや、何でもない」

と、三浦は、慌てて、いった。

「ところで、ちょっと、困ったことが、起きているんだ。いや、君には、直接関係ないんだがね」

と、木戸が、いった。

「何なんだ？」

「今度の調査をやってもらっていた探偵が、行方不明になっている」

「どういうことなんだ？」

「俺が、やればよかったんだが、ちょうど、ほかの調査を、抱えていてね。うちの人間二人も、忙しかったので、知り合いの探偵に頼んだ」

「信用のおける人間なのか？」

「その点は、大丈夫だ。警視庁の元刑事だった男でね。信頼のおける人間だ。名倉という男のことも、彼が調べあげて、電話で、報告してきた」

「しかし、行方不明なんだろう？」

「それで、困っているんだ。今朝、連絡をとろうと思って、彼のマンションに電話したが、出ない。携帯電話にも、出なくてね。彼のマンションに、うちの人間をやったんだが、昨夜から、帰っていないということなんだ」

と、木戸は、いった。

「今も、僕の依頼した調査をやってくれているわけなんだろう？」

「そのはずだし、常に、連絡をとれるようにしておくように、いっておいたんだがね」

「本当に、信頼のおける男なんだろうね？」

と、三浦は、念を押した。

「その点は、間違いない。橋本豊《はしもとゆたか》という男でね。今も警視庁捜査一課には、友人がたくさんいるといわれている。俺も、何回か会っているが、仕事熱心で、いい男だよ」

と、木戸は、いった。

しかし、三浦は、行方不明ということが、気になった。

「大丈夫なんだろうね？」

と、三浦は、きいた。

「何がだ？」

「僕の名前が、表に出るようなことがないだろうね？　内密といっておいたはずだ」

「その点は、大丈夫だよ。俺の友人の依頼とだけ、橋本にはいって、君の名前は、いってないからな」

「友人とは、いったんだな？」

「ああ、そういったほうが、一生懸命に、調べてくれると思ってね。だから、すぐ、名倉の名前を、調べあげてくれたんだ」

と、木戸は、いう。

「僕の名前が、相手にしられることはないだろうね？」

「大丈夫だ」

「一刻も早く、橋本という探偵を見つけてくれ。何となく、不安だ」

と、三浦は、いった。

木戸は、煙草に火をつけて、

「今もいったように、彼は、君の名前をしらないんだ。彼は喋ろうにも、喋れないんだよ」

と、安心させるように、いった。

「その探偵が、見つからないときは、調査は、誰が、引き継ぐんだ？」

と、三浦は、きいた。

「まだ、調べるのか？」

「名倉というN区の助役について、詳しく、調べてもらいたいんだ。特に、経済状態だ」

と、三浦は、いった。

「具体的に、いってくれ」

と、木戸が、いう。

「名倉の資産が、今、どのくらいあるか。借金はどのくらいなのか。できれば、家族の資産も、しりたい」

と、三浦は、いった。

木戸は、妙な笑い方をして、

「なぜ、そんなことを、しりたがるんだ？　そいつから、金でも、借りるつもりなのか？」

「何もきかないで、調べてもらいたいんだ。君が、やってくれるんだろうね？」

「そうだな。橋本が失踪した以上、責任上、俺が調べてみる」

「僕の名前は、秘密にだぞ」

「まだ、いってるのか。大丈夫だよ」

と、木戸は、笑った。

しかし、彼とわかれて、家に帰ると、妻の可奈子が、不機嫌な顔で、

「また、浮気してるんじゃないの？」

と、いう。

三浦は、顔を、こわばらせて、

「何を、いってるんだ？」

「今日、何回も、無言電話が、かかってきたのよ」

「悪戯電話をかける奴が、たくさんいるんだ」

「そうかしら？　あなたが、新しい彼女を作ると、必ず、無言電話が、かかってくるのよ。新しい彼女に、いっておいてくれない。無言電話は、やめろって。そんなことをしたって、あたしは、わかれるつもりはないんだから」

「そりゃあ、濡れ衣だよ。僕は、浮気なんかしていない」

「それなら、誰が、しつこく、無言電話をかけてくるのよ？　あたしが出ると、

切れちゃうんだから」

「だから、悪戯電話なんだよ。でたらめな電話番号を回して、いやがらせをするんだ」

「でたらめな番号を回して、なぜ、あたしの家に、何回も、かかってくるの？

新しい彼女に決まってるじゃないの？」

可奈子は、ヒステリックに、いった。

「今度、かかってきたら、僕が出る」

と、三浦は、いった。

その言葉を、待っていたように、電話が鳴った。

冷たい目で、可奈子が、三浦を見る。三浦は、その目に促されて、受話器を取った。

「もし、もし」

と、三浦が、呼びかける。

だが、相手は無言だ。

三浦は、その相手に対して、というより、妻の可奈子に向かって、

「悪戯は、やめなさい！」

と、怒鳴って、電話を切った。

「やっぱり、彼女だわ」

と、可奈子が、絡んでくる。

「ただの悪戯だよ」

「違うわ。あたしが出ると、向こうは、すぐ切るのに、あなたが出たら、向こうは、ずっと、切らずにいたじゃないの。怪しいわ」

と、可奈子は、いう。

「ただの悪戯電話だよ！」

三浦が、怒って、声を大きくした時、また、電話が、鳴った。

三浦は、無性に腹が立って、受話器を取るなり、

「悪戯は、やめろ！　警察にいうぞ！」

と、怒鳴り、乱暴に、電話を切った。

そのまま、三浦は、二階の自分の部屋に入ってしまった。

可奈子が、また、絡んできて、口論になるのが、いやだったからである。

三浦は、ソファに寝そべり、テレビをつけたが、画面は、見ていなかった。

多恵には、自宅に電話してくるなと、いってある。だから、今の無言電話は、

彼女ではないだろう。

三浦は、自然に、木戸の言葉を思い出していた。

橋本という探偵が、行方不明になったと、木戸は、いっていた。それが、引っかかるのだ。

橋本という男は、信用できると、木戸は、いっていたが、本当だろうか？

警視庁捜査一課の刑事だったと、いう。捜査一課の刑事といえば、警察のエリートではないか。それが、なぜ、警察をやめたのだろう？　何か、不始末を仕出かして、馘になったのではないか。そうだとしたら、信用なんか、できない。

彼は、名倉という男を、調べ出してくれたと、いう。

だが、それだけでは、正規の料金しか取れない。

そこで、名倉という男に、会って、あなたのことを調べている人間がいると、教えたのではないか。向こうに寝返って、三浦のことを、調べ出したのではないか。そうすれば、いくらでも、金を取れるからだ。

また、階下で、電話が、鳴っている。

妻の可奈子が、ヒステリックに、何か叫び、がちゃんと、電話を切った。

5

「あたし。あけみよ」

「何かわかったのか？」

「ちょっと、荒っぽいやり方をしたけど、あたしたちのことを調べていたのは、橋本という刑事あがりの私立探偵だとわかったわ」

「それだけじゃ、しょうがない。修善寺の男と女のことをしりたいんだ」

「そこは、抜け目があるもんですか。木戸探偵事務所に、あたしたちのことを調べてくれと頼んだのは、木戸の友だちとわかったわ」

「探偵仲間か？」

「馬鹿ね。同業者なら、木戸に頼まないで、自分で、あたしたちのことを調べるわよ。そこで、木戸の出た大学を調べたの。R大の英文。同じ年に卒業した同窓生の写真を手に入れたわ。写真入りのOB会名簿ね。これだって、お金が、かかってるのよ」

「だいぶ、かかったのか？」

「そう。今は、何でも、お金。名簿に、あの男の写真も、載ってたわよ。大したもんでしょう？」

「どんな男なんだ？」

「三浦吉良。M製薬の販売部長。奥さんも、もちろん、いるわ」

「経済状態は、どうなんだ？」

「そこまでは、調べてないけど、いくら、大企業の部長だって、サラリーマンには違いないんだし、あんなハデハデしい彼女を作ったら、いくらお金があっても、足りないんじゃないかしら」

「脅すなよ」

「何を怖がってるのよ？」

「私は、地位も、名誉もある人間だ」

「それに、次のN区の区長を狙ってるんでしょう？　ゆくゆくは、代議士先生ね」

「皮肉をいうなよ。私は、今が、一番大事な時なんだ」

「そのくせ、あたしと、浮気？　そうね。浮気じゃなくて、本気だったわね」

「何を、ごちゃごちゃいってるんだ。ちょっと、荒っぽいことをやったといったが、いったい、何をやったんだ？」

「あなたは、心配しなくてもいいのよ」

「私を窮地に落とすような真似は、しないだろうね？」

「大丈夫。ただ、今度の一件が、無事にすんだら、便宜を図ってやってほしい人がいるの」

「便宜だって？」

「今の区長さんが、時々、やってたことよ。あなたが、新しい区長になったら、同じことを、やってもらいたいだけ」

「私は、まだ、区長じゃない」

「今の区長さんは、間もなく、引退して、次の区長には、あなたがなるわよ。絶対にね」

「絶対なんてことはないんだ。だから、心配しているんだよ」

「あと、二、三時間したら、また、電話するわ。三浦という男のことや、一緒にいた女のことで、何か、わかると思うから」

「わかった」

＊

「あたし。女のことが、わかった。M製薬のCMに出たことのあるタレントで、名前は、白石多恵。二十二歳」

「そうか。どこかで、見たことのある女だとは、思っていたんだ」

「なんだ。あの時、女の顔を見ていたの？」

「いや、両方見ていた。君のいったように、タレントなら、金がかかるかもしれないな」

「そうよ。あたしみたいな水商売の女より、金がかかるわよ」

「男のことは、どうなんだ？　少しは、わかってきたのか？　詳しく、しりたいんだよ」

「調べてもらってるわ」

「誰にだ？　向こうと同じように、私立探偵にか？」

「もう少し、信頼できる人間よ。だから、さっき、いったことは、忘れないでね」

「区長になったら、便宜を図れ、だろう？」

「そう。それを約束してくれれば、何でもやってくれる人間だから、任せて」

「どういう人間なんだ？　そいつは。男か女か？」

「男」

「口の固い男だろうね？」

「その点は、保証するわ」

「名前は？」

「今は、あなたは、しらないほうがいいわ」

「まさか――」

「ちょっと待って」

「何なんだ？」

「FAXが、入ってるから、このまま、ちょっと待って。見てくるわ」

「もし、もし――」

「FAXを、持ってきたわ。三浦吉良という男のことが出てるわよ。M製薬は、同族会社で、社長の親戚の三浦には、社長の可能性が、あるわ。まず、五人の取締役のなかに入って、それから、社長の椅子を狙う――」

「社長候補のひとりなら、大物だな」

「そうね。だから、あなたを、強請るとは、思えないけど」

「そうだな。確かに、君のいうとおりだ。ただのサラリーマンじゃなくて、将来のM製薬の社長なら、私たちの不倫の現場を目撃しても、けちな強請りは、やらないだろうな」

「ほっとした？」

「ああ。いや――」

「何なの？」

「そんな大物が、なぜ、私立探偵を雇って、私たちのことを調べるんだ？」

「そんなこと、わからないわよ」

「そうか――」

「何なの？」

「社長の芽がある男なら、スキャンダルを、怖がるはずだ。社内にライバルが多いだろうから、その傷を攻撃されるからな」

「それで？」

「三浦は、若い女に手を出したものの、社長の芽が出てきてみると、後悔して、わかれたがっているのかもしれないな」

「あの女が、簡単に、わかれるような玉のはずがないわ」

「一度、見ただけで、わかるのか？」

「修善寺で見た時、男のほうは、遠慮がちだったのに、女のほうが、あたしたちを挑発するように、二人で、露天風呂のなかで、抱き合って見せたのよ」

「そうだったな」

「ああいう女はね。わかれてくれといったって、おいそれと、わかれやしないわよ。わかれる時は、とほうもない慰謝料を請求するわ」

「それじゃあ、やはり、金が要るんだ」

「そうね。わかれるとなったら、お金が要るわね」

「もう一つ」

「もう一つって、何なの？」

「M製薬といえば、大企業だ。男なら、その会社の社長になれるチャンスを、みすみす、逃がすはずがない。今もいったように、スキャンダルは、致命傷になりかねない。その現場を、私たちに、見られてしまった。三浦は、女の口を塞ぐか、私たちの口を塞ぐか、したいんじゃないかね」

「怖いこと、いわないでよ」

「人間は、怖い動物だよ。一万円のために、人を殺すのも、人間だ。M製薬社長の椅子のためなら、殺人を犯すことは、充分に考えられるじゃないか」

「それで、三浦って男は、あたしたちを、殺すかもしれないというの？」

「そいつは、きっと、用心しながら、こそこそ、不倫を楽しんでいたと思うな。それなのに、修善寺では、温泉にきたという気安さから、つい、油断して、現場を、私たちに、見られてしまった。きっと、慌てているはずだ。何とかしないと、社長レースに、遅れをとってしまう。そこで、まず、不倫を目撃した私たちが、どんな人間なのか、調べようとしたんだ。もし、写真週刊誌の記者だったとしたら、自分たちの不倫が、週刊誌に載ったら、大変だからね。M製薬の社長候補が、不倫騒動と、写真入りで載ったら、間違いなく、社長レースから、脱落してしまう」

「それなら、三浦は、安心したんじゃないの。不倫を目撃したのが、N区の助役のあなただと、しったはずだし、あなたが、脅迫なんかしない人間だと、わかったと思うわ。区長になろうとする人間が、脅迫なんかするとは、誰も、考えないもの。そうでしょう？　それに、向こうが不倫していた時、あたしたちも、不倫していたんだから」

「私は、君みたいに、簡単に、安心できないよ」

「なぜ？」

「人間の気持ちなんて、わからないものだよ。それに、君の言葉も、不安なんだ」

「何のことを、いってるの？」

「君は、ちょっと荒っぽいことをやったといっていたが、どんなことなんだ？それを教えてくれ」

「大丈夫よ。あなたは、しらない顔をしていればいいの」

「教えられないのか？」

「しらないほうが、あなたのためだと思うからだわ。問題が起きたとき、しらなかったほうが、責任を取らずにすむもの」

「ちょっと待てよ。ますます、不安になるじゃないか。何をしたのか、教えてくれ」

「あなたは、三浦という男のことが、心配なんでしょう？」

「大企業のエリートだって、何をするかわからない時代だからな」

「もし、三浦という男が、あなたに、何かするようだったら、すぐ、あたしに教えて。あたしが、解決してあげるわ」

「また、ちょっと、荒っぽいことをしてか？」

「あなたは、頭がいいけど、肝心の実行力がないの。度胸もね。そのほうは、あたしに、任せてくれればいいの。あたしが、あなたを、守ってあげる」

「君に、そんな力があるはずがない。誰に、頼む気なんだ？　いや、誰にやらせたんだ？」

「だから、それは、あなたがしらないほうがいいことなの。秘密は守るわよ。ただ、あなたが、区長になった時、ちょっとした便宜を図ってくれるだけでいいの」

「君は、前に、K組という暴力団の幹部と、つき合っていたことがあったな？」

「覚えてないわ」

「確か、山本《やまもと》という男だったんじゃないか？」

「さあ、どうだったかしら？　とにかく、今は、あなたのことしか、頭にないわ。あなたのことだけを愛しているのよ」

「今度のことを、その山本というK組の男に、頼んだんじゃないのか？　だから、ちょっと荒っぽいことをしたと、いってたんだろう？　どうなんだ？」

「何をびくついてるの？　区長になろうとしてる人が、みっともないわよ。どんと構えていればいいじゃないの」

「馬鹿なことをいうな。Ｋ組の組長に頼んで、ゴミ工場建設の反対派を、抑えたんじゃないかと、いわれているんだ。反対派のリーダーが、何者かに襲われて、意識不明の重傷を負い、今でも入院中だ。そのＫ組の幹部に、新しく区長になった私が、便宜を図ったら、どうなると思うんだ？　住民にリコール運動を起こされてしまう」

「ゴミ工場の問題って、噂だけなんでしょう？」

「悪い噂が、二つ重なれば、事実として、受け取られるんだ。とにかく、もう何もするな！　動くな！」

「何をびくついてるのよ？」

「わかったな。何もするな」

「もう手遅れよ」

「何だって？」

6

警視庁捜査一課の十津川警部は、橋本の女友だちに、応接室で会った。

「彼が、行方不明なんです」

と、彼女は、いった。彼女の名前は、杉浦《すぎうら》かおりと、いった。ＯＬで、三カ月前から、橋本と、つき合っているのだという。

十津川は、橋本に、特別の感情を持っていた。優秀な若い刑事だったが、感情の激しさのゆえに、警察をやめざるを得なくなった男である。彼が、私立探偵になった今も、つき合いは、続いている。

「いつから、行方不明なんです？」

と、十津川は、彼女の顔を見ながら、きいた。

可愛い感じの娘である。大柄な橋本が、守ってやりたくなるだろうと思われる女だった。

「三日前からなんです。仕事で、旅行に出ているのかと思っていたんですけど、何の連絡もないし、マンションには、帰ってないし、心配なんです」

と、かおりは、いうのだ。

「最後に会ったのは、四日前？」

「ええ」

「その時、彼は、何かいってましたか？」

「新しい仕事が入ったといってました。つまらない仕事だけど、金になるんですって」

「橋本が、つまらない仕事だといったんですか？」

「ええ。何でも、同業者に頼まれた仕事だといってましたわ」

「同業者にね。どんな仕事なんだろう？」

「わかりませんけど、そのあとで、あたしに、不倫をどう思うと、きいたんです」

「なるほどね。不倫の調査かな」

「彼がどうしたのか、調べて下さい。いつも、何かあったら、十津川さんに、相談しろといわれていたんです」

と、かおりが、いう。

「わかりました。手の空《あ》いている刑事に、調べさせましょう」

と、十津川は、いった。

十津川が、そう約束したのは、橋本のような男が、恋人にも、十津川にも、何の連絡もせずに、失踪したことに、犯罪の臭いを嗅いだからだった。

十津川は、西本と、日下の二人に、この捜査を、頼んだ。

「同業者から頼まれた調査依頼で、不倫問題が絡んでいるらしい。この二つで、捜査してみてくれ」

「簡単にわかると思います」

と、西本は、いった。

その同業者は、簡単にわかった。木戸という私立探偵だったが、その先が、難しくなった。

「依頼主のプライバシーが絡んでいるので、調査内容については、申しあげられません」

と、木戸は、いうのだ。

「しかし、橋本は、行方不明で、われわれは、犯罪の臭いがすると、思っているのですがね」

と、西本は、いった。

「私は、そうは思っていませんよ。調査が、こみ入っているので、連絡してこないだけだと思っていますがね」

「三日間、連絡してこないんでしょう？　おかしいとは、思わないんですか？」

「こういうこともあります」

「もし、彼が、犯罪に巻きこまれていたら、あなたの責任ですよ。殺されでもしていたら、その責任も、追及します」

「待って下さいよ。責任といわれても——」

と、木戸は、慌てた声で、いった。

「それなら、話して下さい」

「橋本君には、六本木のクラブ『楓』のあけみというホステスについて、調べてもらっていたんです。特に彼女の異性関係を」

「依頼主は？」

「それだけは、勘弁して下さい」

「橋本はどこまで、調べあげていたんですか？」

と、日下は、きいた。木戸は、迷った揚句、

「あけみが、N区の助役で、名倉俊一という五十一歳の男と、親しいことを、調

べあげてくれましたよ。その男のことを引き続いて、調べてもらっているうちに、失踪してしまったんです」

と、いった。

それ以上は、しらないというので、西本と日下は、その足で、N区役所に回った。

「助役の不倫か」

と、パトカーのなかで、西本が、呟く。

「そんなものを、どこの誰が、調べたがっているのかね?」

と、日下。

「まず考えられるのは、助役の奥さんだろう」

区役所に着くと、二人は、名倉という助役に会った。区長が、入院しているので、現在、区長の代理として、区政を預っているということだった。

名倉は、二人の刑事を迎えて、明らかに、動揺している感じだった。

「クラブ『楓』のあけみというホステスのことを、おききしたいんですが」

と、西本が、切り出した。

名倉は、一呼吸おいてから、

「その店に、飲みにいったことはあります。もちろん、会ったことも。しかし、親しいというわけじゃない」

「橋本豊という私立探偵を、ご存じですか？　この男です」

と、日下が、橋本の顔写真を見せた。

「いや、しりません。初めて見る人ですが、この人が、どうかしたんですか？」

「実は、あなたと、あけみさんとのことを調査していたんですが、今、行方不明になっています」

「私が、原因みたいにいわれますが、関係ありませんよ。第一、私とあけみのことを、どこの誰が、わざわざ、私立探偵に、調べさせたりするんですか？」

「われわれも、それをしりたいんです」

と、西本が、いったとき、彼の持っている携帯電話が、鳴った。

区長室の外に出て、電話を受けた。十津川からで、

「橋本が、見つかったが、意識不明で、今、R病院の集中治療室だ」

「何があったんですか？」

「まだ、わからん。ただ、体に、殴られた跡がいくつもある。肋骨も、二本折れている」

「拷問ですか？」

「その可能性があるね。薬も使われたらしい」

と、十津川は、いった。

西本は、部屋に戻って、橋本が、病院に運ばれたことを、名倉に告げ、

「このことで、何かしっていたら、話して下さい」

「とんでもない。私は、橋本という人に、会ったこともないんですよ」

と、名倉は強い口調で、いった。

しかし、その顔が、蒼ざめている。西本と日下は、顔を見合わせた。名倉が、橋本に会ったことがないというのは、本当らしいのだが、それなら、なぜ、こんなに、顔色を変えたのか？

「橋本が、ひどい目に遭うのを、予期していたんじゃないか？」

と、西本は小声で日下に、いった。

「あなたと、あけみさんのことを、私立探偵を使って調査した人間に、心当たりは、ありませんか？」

と、日下が、名倉にきいた。

「ありません。なぜ、自分たちが調べられているのかもです。調べられて困るよ

うな真似もしていないし――」

名倉は、声高に、いった。何かを、弁明しているような感じでもあった。

「奥さんは、どうです？」

「家内は、そんなことをする女じゃありません」

これは、きっぱりと、いった。それには、なぜか自信があるようで、西本は、不思議な気がした。普通なら、まず、妻を疑うだろう。

（やはり、相手をしっているのだ。だから、妻の仕業ではないと、自信を持って、いえるのだ）

と、西本は、思い、日下も、同じだった。

ただ、N区の助役という立場を考えると、あまり、突っこんだ質問はできず、二人は、帰ることにした。

橋本の負傷が、暴力行為によるものとわかって、殺人未遂として、捜査本部が、設けられた。

橋本は、依然として、意識不明のままである。また新たに、左手の薬指と、小指が折れていることがわかり、彼が、拷問を受けたことは、さらに、はっきりしてきた。しかも、やり口から見て、素人ではなく、玄人、たぶん、暴力団が、関与しているだろうと、みられるように、なった。

十津川は、橋本に、名倉たちの調査を頼んだ同業の木戸に、会った。

「今日のことは、事件として、捜査を始めています。依頼主を、教えて下さい。このまま、橋本が死ねば、殺人事件ですのでね」

と、十津川が、いうと、木戸は、疲れた顔で、

「警察には、協力したいが、これだけは、勘弁してくれませんか」

「それは、依頼主が、あなたの友人、知人だからということですか？」

十津川が、きくと、木戸は、ますます、困惑した表情になって、黙ってしまった。

「教えて下さらないと、われわれとしては、あなたを、疑ってしまいますよ。殺人未遂の容疑者としてです」

「仕方がありません。容疑者扱いで、結構ですよ」

と、木戸は、いった。

（どうやら、依頼主は、木戸の極《ご》く親しい人間らしい）

と、十津川は思ったが、これ以上、詰問はしなかった。詰問しなくても、木戸の周辺を調べていけば、自然に、浮かびあがってくるだろうと、思ったからであ

る。

それより、暴力団の影が見えてきたことを、十津川は、重視した。もし、橋本を殺したければ、もう一度、彼を、襲ってくるかもしれないからである。

名倉と、あけみの二人を調べていくと、あけみのつき合った男のなかに、K組の幹部の名前が、浮かんできた。

「名前は、山本卓《すぐる》。三十五歳です。前に、あけみとつき合っていたようです。今は、切れているはずなのですが、四日ほど前に、二人が会っているのを見かけたという人間が出てきています」

と、三田村刑事が、十津川に、報告した。

山本卓の写真も、入手してきた。全体に、派手な感じの男である。傷害の前科が、二つあるという。

「橋本を痛めつけたのは、この山本の可能性があるわけか?」

「そうですが、証拠はありません」

と、三田村は、いった。

「もし、山本が犯人なら、動機は、何なんだ?」

「誰かが、私立探偵に頼んで、あけみと、名倉のことを、調べ出したわけです。

二人は、誰が、自分たちのことを調べているのか、しりたがった。そこで、あけみが、昔の知り合いの山本に頼んだんじゃないでしょうか？」

「山本は、私立探偵の橋本を見つけて、依頼主のことを話せと、痛めつけたというわけか」

「そうです。証拠は、ありませんが――」

「当たっているかもしれん」

と、十津川は、いった。

彼は、亀井と、西本の二人を、K組にいかせ、山本卓から、事情聴取をしてくるように、いった。山本に、圧力をかけてみることにしたのである。

二人は、山本に会ってくると、その結果を、十津川に、報告した。

「K組の幹部にも、ピンからキリまであって、山本という男は、キリのほうですね。貫禄がありません」

と、亀井は、笑いながら、いった。

「それで、橋本を痛めつけたことは、認めたのか？」

「それは、否認しました。しかし、完全に、落ち着きを失っていますから、何かやったことだけは間違いないと思います。犯人のような気がしますね」

「本ボシか？」

「そうです。証拠は、ありませんが、彼が、犯人だと思います」

「君から見て、どんな男だ？　危険な男か？」

「四課できいたんですが、山本が、幹部のなかで、下位にいるのは、時々、勝手な行動に出るので、組長が、あまり信用していないからだそうです」

「勝手な行動か？」

「つまり、組にとって、危険な行動ということです」

「それは、社会にとってもだろう？」

「そのとおりです。お世辞にも、思慮深いとはいえませんね。あの男の行動は、予測できません」

と、亀井は、笑いを消した顔で、いった。

「山本の行動の基礎にあるのは、何だろう？　幹部だが、組のために動くというわけではないみたいだな」

「そこが、組長に、信用されないところだと思います」

「山本が、また、橋本を襲う可能性は？」

「わかりません。ただ、山本は、金に異常な執着を見せる男だともいわれています。とっぴな行動に出るのも、その底に、金が動いているといわれています。ですから、誰かが、大金を積めば、また、橋本を狙うことも、考えられます」

と、亀井は、いった。

「金と、狂気か」

「そうです」

「面倒な男だな」

と、十津川は、いった。

7

「助役の名倉か？」

「そうですが、あなたは？」

「K組の山本というものだ。名前はあけみからきいているはずだ」

「区長室になんかに、電話をかけてこられては困ります」

「何をいってやがる。電話が困るんなら、これから、乗りこんでいくぞ。そのほうが、いいのか？」

「――」

「どうなんだ?」

「何のご用ですか?」

「五千万円渡せ」

「何ですって?」

「きこえないのか? 五千万だ。明日までに、用意しろ。俺は、それを持って、日本を逃げ出す」

「なぜ、私が、あなたに、五千万も、払わなきゃいけないんですか?」

「そっちの頼みで、俺は、あんたのことを調べている私立探偵を捕まえて、痛めつけた。死ぬかもしれん。そうなりゃあ、俺は、殺人で逮捕される。だから、逃げる。五千万は、その逃走資金と、謝礼だ。いやだとは、いわせないぞ」

「それは、あなたが、勝手に――。私は、あけみに、何も頼んでいませんよ」

「今になって、逃げるんじゃない」

「五千万なんて、大金は、ありませんよ」

「死にたいのか?」

「何ですって?」

「俺は、ピストルを持ってる。トカレフって、でかいピストルだ。今から、これを持って、お前さんを殺しにいくぞ。それでいいんだな？」

「やめて下さい」

「金切声をあげるんじゃねえ。死にたくなければ、明日中に、五千万作るんだ。明日の三時にもらいにいく。警察になんかいくなよ。そんなことをしたら俺は、必ず、お前さんを殺すからな」

「しかし——」

「五千万だ。ビタ一文、まけないぞ」

「あの——」

「何んだ？」

「あなたが、協力してくれれば、一億円払いますが」

「一億円？」

「そうです。一億です」

「俺を騙すんじゃあるまいな」

「へたをすれば、私は、殺されるんでしょう？　あなたを、騙したりはしませんよ」

「どうするんだ?」

「それを、会って、相談したいんです」

8

無言電話が、依然として、続いている。

三浦の妻は、ノイローゼになって、実家に帰ってしまった。

それと同時に、ぴたりと、無言電話がやんだ。

三浦は、犯人は、多恵だと気がついた。車のなかで会って、それを問いつめると、

「そうよ。あたしよ」

と、にやっと、笑った。

「どうして、こんな時に、馬鹿な真似をするんだ?」

「馬鹿なですって?」

と、多恵は、きっとした顔になって、

「こんな時だから、やったのよ」

「僕が、困っている時にか？」

「あなたはね。あたしと露天風呂に入っているところを見られただけで、おたおたしてしまったじゃないの。若い女に溺れてみたいなんて、お笑い草だわ。きっと、あたしから逃げ出して、いい子になる。それがわかったから、奥さんを、家から追い出してやったの。あなたの前から、追い払われるのは、あたしじゃなくて、奥さんのほうだと、わからせてやろうと思ってね」

と、多恵は、いう。

「怖い女だ」

「そうよ。あたしは、怖い女よ。今から、この車で、いつかの温泉にいってみない？」

「何だって？」

「今から、この車で、二人で、修善寺へいくのよ。それだけの勇気がある？」

「馬鹿をいうな。今から、君を、君のマンションに送っていく」

「あなたは、奥さんの実家にいって、奥さんに、詫びを入れるわけ？」

「とにかく送る」

と、三浦がいい、スターターを回して、エンジンをふかした時、ふいに、一台の車が、目の前を、塞いで、停まった。

「おい！　邪魔だ！」

と、三浦が、怒鳴った時、その車から、二人の男が降りてきた。

大柄なほうが、にこにこ笑いながら、近づいてきて、運転席から顔を出した三浦に、

「ご機嫌だな。若い女と二人で」

と、声をかけた。

「早く、その車をどけてくれないか。急いでいるんだ」

「不倫ばやりか」

「何をいってるんだ？」

「俺は不倫ってやつが、大嫌いでね」

男は、そういうなり、いきなり、拳銃を取り出して、三浦に突きつけた。

同時に、反対側から近づいてきたサングラスの男が、リアシートに、乗りこんだ。

「何をするんだ？」

三浦が、蒼い顔できくと、拳銃の男も、リアシートに乗りこみ、彼の後頭部

に、銃口を突きつけて、

「一億円、払ってもらいたい」

「一億円って？」

「そうだな。お前さんと、助手席の女の身代金だ」

「お金なんかないわ！」

と、多恵が、甲高い声でいった。それまで、黙っていた、サングラスの男が、

「M製薬の社長候補が、一億ぐらいの金がないわけはないだろう」

「なぜ、僕が、M製薬の人間だとしってるんだ？」

三浦は、バックミラーに映《うつ》るサングラスの男を見た。

男が、サングラスを外した。

三浦は、目を剝いて、

「君は――」

「名倉だよ。N区の助役の」

「どうなってるんだ？　これは――」

「それを、私にきくのか？」

と、名倉は、怒りの表情で、

「君が、私立探偵に頼んで、私のことを調べるから、こんなことになったんだ。君の責任だ」

「一億円は？」

「私が、金を出さなければならなくなった。だから、君に、それを出してもらう。責任を、とってもらう」

と、名倉は、いった。

「誰に払う金だ？」

「俺だ」

拳銃を持った男が、いった。

「なぜ、一億円も？」

と、多恵が、きく。

「いいから、払うんだ。俺は気が短い。いやなら、お前さんたちを殺す」

「一億円なんかあるはずがない。僕は、一介のサラリーマンだ」

「M製薬は、同族会社でしょう。社長一族で、株の過半数を押さえている。会社の金は、一族の金みたいなものじゃないんですか？　社長の縁者のあなたの命と引き換えなら、一億円ぐらい、簡単に払うんじゃありませんか？」

名倉が、いやに丁寧な口調で、いった。

「そんなに簡単には、いかない。僕は、社長じゃないし、まだ、取締役でもないんだ」

三浦は、かすれた声でいった。いいながら、なぜ、こんなことになったのか、自分自身に、腹を立てていた。

「こんなことを、いわせておいて、いいのか？」

と、拳銃を持った山本が、隣の名倉を、銃口で、小突《こづ》いた。

名倉が、慌てて、

「一億円は、必ず払うよ。何しろ、天下のM製薬なんだ」

と、いった。

山本は、いらだって、

「何とかしろ。一億円出なければ、お前と女を殺す」

と、三浦の背中を、銃口で、小突いた。

「そんな大金は――」

「俺が、要《い》るといったら、要るんだ。殺すといったら殺す」

山本は、銃口で、三浦を小突きながらいう。その目が尖ってきた。

三浦の肩のあたりが、震えた。背後にいる男が、真剣だと、わかったからだろう。

「とにかく、社長に、連絡してみる」

と、三浦は、いい、ポケットから、携帯電話を取り出して、かけた。声が、震える。

「社長ですか？　三浦です。販売部長の」

――こんな時間に、何の用だ？

「お願いです。一億円貸して下さい」

――何だと？

「どうしても、一億円必要なんです」

「明日中にだ」

と、山本が、小声で囁く。

「明日中に、お願いします。現金で」

――寝呆けているのか？

「とんでもない。僕の生死にかかわるんです。あとで、必ず返しますから、明日中に、お願いします」

――冗談はやめろ、もう切るぞ。

「切らないで下さい。一億円がないと、僕は殺されてしまうんです」

三浦は、必死に、いった。

――馬鹿なことをいうな。

「本当なんです」

と、三浦がいう。背後《うしろ》から、山本が、携帯電話を取りあげて、

「社長さん。本当なんだ。明日中に、あんたが、一億円作らないと、この男は、死ぬよ」

――誘拐か？　身代金か？

「そんな阿呆なことといってると、社長さん、あんたも殺してやるぞ」

――誰なんだ？

「とにかく、明日の三時までに、一億円だ」

山本は、それだけいって、電話を切った。

名倉が、腰を浮かして、山本に、

「私は、もういいだろう？　帰らせてくれ。あとは、この男に、一億円もらえばいいんだから」

「駄目だな」

「もう、私の役目は、終わったじゃないか」

「こうなれば、一蓮托生《いちれんたくしょう》ってやつだ。抜けるのは、俺が許さない。俺が、一億円手に入れて、日本を出るまで、つき合うんだ」

「勘弁してくれませんか」

「死にたかったら、そうしろよ」

と、山本は、いった。

9

山本は、拳銃で、三浦たち三人を脅して、車ごと、崩壊しかけたマンションに、連れていった。

バブルの全盛期に建てられていたマンションで、その後、買い手がつかず、建設途中で古びるに任せている建物だった。壊したいのだが、費用がかかりすぎるので、それも、できないのだ。

夜が明けた。

午後三時になって、三浦が、もう一度、社長に電話をかけた。

「一億円作ってくれましたか？」

――ああ、作った。ここにある。どうすればいい？

「これから、受け取りにいく」

と、山本が、いった。

「私が、取りにいってくるわ」

と、多恵が、いった。

山本は、にやっと笑って、

「お前は、信用できん」

「じゃあ、私が」

と、名倉がいう。

また、山本は、にやっとして、

「どいつも、こいつも、逃げる算段をしてやがる。ここを出たとたんに、一目散《いちもくさん》に逃げる気だ。自分だけ助かればいいって奴ばかりだからな」

「――」

「あいつがいい。あけみに連絡しろ。あいつが、一番信用がおける」

と、山本は、名倉に、携帯電話を渡した。

名倉が、あけみを呼び出し、山本が、指示を与えた。

「向こうへいったら、社長に、よくいうんだ。四時までに、一億円を持っていかないと、可愛い甥が死ぬとな。それから、警察が入ってきても、同じように死ぬとな」

電話を切ると、山本は、充血した目で、三人を見渡した。

「社長が、裏切ったら、可哀相だが、お前さんたちには、死んでもらう」

「私は、関係ない！」

と、名倉が、悲鳴に近い声をあげた。

「関係ない？　お前さんが、金を惜しんで、M製薬から、一億円を取れと、俺に教えたんだぞ」

山本が、押し殺した声を出す。

時間がたっていく。が、あけみから、連絡が、入ってこない。

山本は、右手に、拳銃を持って、左手の腕時計に、目をやる。

「四時になる」

「助けてくれ」

と、三浦が、いった。

「畜生！　四時だ」

「もうじき、持ってくるよ。もう少し待ってくれ。もう一度、社長に、電話してみる」

三浦が、震える声で、いった。

山本の顔が、次第に、蒼ざめてきた。昨夜から飲んでいたウイスキーを、口に含む。だが、目が据わってくるだけで、酔ってこない。

「社長の奴、裏切りやがった。だいたい、急に、一億円用意したというのが、おかしかったんだ。一億円の代わりに、パトカーを、よこす気だ」

「もう少し、待ってくれ！」

と、三浦。

「パトカーが、くるのをか？　え！　畜生！」

と、山本は、また、叫び、あけみが持っているはずの携帯電話にかけた。

しかし、相手は、出ない。

「畜生！」

今度は、天井に向かって、山本は、拳銃を発射した。剝き出しになった天井の鉄骨にはねて、金属音が、空気を震わせた。

「助けてくれ！」

と、突然、三浦が叫び、部屋を飛び出した。

「畜生！」

と、また叫び、三浦の背中に向かって、トカレフを撃った。

悲鳴をあげて、三浦が、倒れる。

その隙に、名倉と、多恵が、逃げ出す。

山本は、完全に、切れてしまって「畜生！　畜生！」と、叫びながら、拳銃を、撃ちまくった。

10

死体が、四つ転がっているのが、発見されたのは、三十分後だった。

中年の男二人に、若い女ひとりが、背中を撃たれて、死んでおり、四人目の男は、自分で自分を撃ったのだ。

汚れた床は、血で、べとべとだった。

十津川は、亀井と、死体を、一つ一つ、丁寧に、調べていった。

三浦吉良、五十八歳。M製薬販売部長。妻五十六歳。

次期、取締役候補。将来は、社長の可能性あり。

名倉俊一、五十一歳。N区助役。次の選挙で、区長選に立候補予定。妻五十歳。

白石多恵、二十二歳。タレント。M製薬のCMモデル。

山本卓、三十五歳。暴力団K組の幹部。傷害の前科二犯。

「どうなってるんだ？」

と、十津川が、呟く。

「捕まえたあけみの証言によれば、山本が、一億円を要求して、それがうまく取れなくて、怒りに任せて、殺しまくったということだと思います」

と、亀井が、いった。

「そんなことは、わかっているさ」

と、十津川は、いつになく、不機嫌な顔で、

「私のしりたいのは、どうして、こうなってしまったのか、事件の始まりのことさ」

と、いった。

十津川が、少しだけ機嫌を直したのは、橋本豊が、持ち直して、集中治療室を出られたと、きいた時だけだった。

ある女への挽歌

1

三月十日の午後、一通の小包が、警視庁捜査一課長宛に送られてきた。

宛名は、マジックインキで、書かれている。

差出人の名前はない。

しかし、本多一課長には、その小包に、見覚えがあった。

まったく同じ感じの小包が、ちょうど一カ月前の二月十日にも、送られてきていたからである。

大きさも前と同じ、週刊誌大で、重さも似ている。

本多は、麻紐《あさひも》を切り、茶色い油紙を広げてみた。

やはり、前と同じ透明なポリ袋が出てきた。海砂が一杯つまっているのも同じだった。

本多は、古新聞を机の上に広げ、その上に、ポリ袋のなかの砂をぶちまけた。

（同じだ）

と、思った。

砂のなかから、白い骨が、出てきたのだ。右手首の骨だった。五本の指も揃っている。

先月、二月十日に、送られてきたのは、右足首の骨だった。

手紙も、メモも入っていない。

それも、同じである。

小包の表には、中央郵便局の消印がある。切手は、百円切手が、十枚もべたべた貼られていた。

郵便局の窓口で、受けつけたものなら、こんなに、よぶんな切手は貼られていないだろう。この小包は、受付を通さず、勝手に、ポストに投函されたのだろう。

二月十日の人骨については、すでに、科研《かけん》に送ってあった。

十歳から三十歳にかけての女性の、右足首の骨だろうと、分析されている。

ポリ袋のなかの砂についても、分析が、おこなわれた。

粒子の細かい硅砂《けいしゃ》である。

かすかに、湿っているので、水分を分析した結果、海水であることが、わかった。

どこかの海岸の粒子の細かい砂なのだ。

だが、その砂のなかに、右足首の女の骨を入れて、警察に送りつけてきたのは何のためなのだろうか。

その理由《わけ》も、どこの海岸かもわからないままに、一カ月がすぎて、この二通目の小包である。

本多は、十津川警部を呼んで、それを見せた。

「二月と同じですね」

と、十津川はいった。

「今度は右手首の骨だ」

「砂も、前と同じみたいですね」

「ところが、微妙に違うんだ」

と、本多は、いった。

「違うんですか？」

「私は、そう思ったんだが、君にも触ってもらいたいんだ。そして、どう感じるか、教えてもらいたいんだよ。私だけの勝手な思いこみだと、困るんでね」

と、本多は、いった。

彼に促されて、十津川は指先に、砂をつまんで、丁寧に、こすっていたが、

「気のせいか、前の時より、湿っている感じがします」

と、いった。

「君も、そう思うか？」

「課長もですか？」

「それが、気になったんだよ。なめると、塩の味がするから、海岸の砂だということは、間違いないんだが、二月の時に比べて、より、湿っていると感じてね」

「間違いありませんよ」

「どういうことかな？　もし、同じ海岸の砂だとすると」

と、本多が、きいた。

「もし、その海岸から、砂ごと掘り出して、家のなかに、しまっておき、先月と今回とにわけて送ってきたのなら、今回のほうが逆に、乾いていなければならないわけです」

「そのとおりだ」

「同じ海岸に埋められているのを、少しずつ、掘り出して、送りつけてきている

のだとすると、同じくらい湿っていないと、おかしいわけです」

「だが、前よりも、湿っているというのは――」

「理由は、何なのかしりたいですね」

と、十津川は、いった。

「それは、科研に、調べてもらおう」

「そのほかは、前と同じですか？」

「小包用の油紙も、麻紐も、同じく、市販されているものだし、宛名が書かれたマジックインキの文字も、よく似ている」

と、本多は、いった。

「百円切手が、べたべた貼られているのも同じですね」

「たぶん、東京駅近くのポストに、ほうりこんだんだろう」

「ひょっとすると、また送られてくるかもしれませんね」

と、十津川は、いった。

「そう思うかね？」

「もし、同じ人間の右足首と、右手首だとすると、まだ、体の大部分が、どこかにあるわけです。その人間は、それを少しずつ送りつけてくる気なんじゃないかと、思いますね」

と、十津川は、いった。

今日の小包も、前と同じく、科研に送られた。

まず、右手首だが、前の右足首と同じく、十歳から三十歳までの女性のもので、死後一年から一年半と、判断された。

「同じ女性のものだという可能性が高いね」

と、中村技官は、いう。

問題は、砂である。

砂自身の成分は、前のものと、まったく同じである。

しかし、砂に含まれている水分は、今回のもののほうが多いという結論だった。

もう一つ、興味があったのは、その水分に含まれる塩分の度合いだった。今回のほうが、塩分が、少ないというのである。

それを、どう考えたらいいのか。

その夜に、十津川は、三上刑事部長に呼ばれた。

本多一課長が、その場にいたので、例の骨のことだと、すぐ、わかった。

「二月十日の右足首の時は、どう対応していくかに迷いがあった。例えば、病院か何かで、手に入れた右足首を、海砂に混ぜて、悪戯で、送りつけてきたのかもしれなかった。それに、場所も、不明だったからだ。しかし、一カ月後に、また、送られてきたとなると、私としては、この犯人の強い意志を感じないわけにはいかないんだ。それで、十津川君に、この事件を担当して、捜査をしてほしい」

と、三上刑事部長は、いった。

「正直にいって、なかなか難しいと思います」

と、十津川は、いった。

「難しいかね？」

「調べなければ、ならないことは、三つあると思います。第一に、女の身元ですが、年齢さえ、十歳から三十歳と、曖昧です。身長百六十センチぐらいというのも、推測でしかありません。第二は、この海砂のある場所ですが、これもわかりません。綺麗な砂ですが、まだ、綺麗な海岸というのは、日本中に、たくさんあるはずです。第三は、犯人像ですが、これも、はっきりしません。宛名の字から、何となく、男だろうと考えていますが、女の可能性も、捨て切れません。また、犯人の意図も、はっきりしません」

「何もわからないということか」

「そうです」

「しかし、マスコミは、きっと、警察に対する挑戦と書き立てるぞ。こういう猟奇的な事件は、マスコミは、好きだからな」

と、三上は、渋面《じゅうめん》を作った。

「今回の件については、しばらく公表しないでいただけませんか」

十津川が、注文を出した。

「どうしてだね？　何もわからないからか？」

本多一課長が、きいた。

「もし、二度目の手首について、公表すると、マスコミは、いっせいに、推測を並べると思います。そうした雑音を、しばらく、遠ざけておきたいんです。目鼻がつくまでです」

「それだけか？」

「もう一つは、犯人のことです。犯人は、きっと、このことが、マスコミに取りあげられるのを期待して、続けて、送ってきたんだと思います。警察への挑戦という具合にです。もし、それが、公表されなかったら、犯人は、いら立つと思うのです。いら立って、どう出るか、それも、見てみたいのです」

と、十津川は、いった。

「わかった。マスコミに公表するのは、しばらく、控えておこう」

と、三上刑事部長は、いった。

2

当然、捜査本部は設けず、しばらくは、内密に、捜査を進めることになった。

十津川は、亀井刑事を誘って、庁内の喫茶室でコーヒーを注文した。

「送り主は、筆跡などから見て、同一人と思われる。と、いうことは右足首も、右手首も、同一人のものだろうと、思う」

と、十津川は、いった。

「私も、そう思います」

「右足首は、膝のあたりで、切断されているし、今回の右手首は、肘《ひじ》のあたりで、切断されている。病院から拾ってきたのでなければ、殺人と見ていいんだがね」


十津川は、いい、煙草に火をつけた。

コーヒーが、運ばれてくる。

亀井は、それを、ゆっくりと、かき回しながら、

「普通なら、死体は、隠そうとするものですが、今度の犯人は、わざわざ、少しずつ、警察に、送りつけてきています。どういう神経ですかね」

と、いう。

「やっぱり、警察への挑戦かな？　それとも、送り主は、殺した犯人とは別人なのか？」

「殺した人間でないとすると、送り主は、犯人を捜してくれといってるのでしょうか。それなら、なぜ、思わせぶりに、少しずつ、送ってくるのか、理由がわかりません。犯人を、見つけてほしいのなら、全部、一度に送りつけてくるんじゃありませんか。それに、身元だって、教えるはずですよ」

と、亀井は、いう。

「それは、カメさんのいうとおりだ」

「とすると、やはり、警察への挑戦ですかね」

「そう思って、対応したほうが、いいようだね」

と、十津川は、うなずいた。

「警部は、どんな犯人像を、想像されますか？」

「普通、警察に、挑戦する犯人は、犯行声明めいた手紙をよこすものだ。しかし、この犯人は砂と、骨だけしか送ってこない。もう一つ、おかしな点は、送ってくるものが、骨だということだが、死亡してから、一年から一年半が、たっているというんだ。なぜ、殺してすぐ、警察に、挑戦してこなかったのか。普通、死体をほうり出しておいて、さあ、俺を捕まえてみろと、挑戦してくるものだよ。一年か一年半もたってから、警察に挑戦してくるというのは、間が抜けていないか」

「それはいえますが、しかし、どう見ても、これは、警察への挑戦ですよ」

と、亀井は、いった。

十津川は、用意してきた日本の地図を、テーブルの上に広げた。

「これを見てみろよ。この海岸線の長さをさ。骨と一緒に送られてきた海砂が、どこのものか、決めるのは、難しいよ」

「成分から、特定できませんか？」

「似たような成分の海砂は、何カ所もあるんだよ」

と、十津川は、いった。

ほとんど、進展がないままに、時間が、すぎた。

十日後の三月二十日に、三通目の小包が捜査一課長宛に、送られてきた。

同じ筆跡での宛名。

海砂が、つまったポリ袋。

本多一課長は、すぐ、十津川を呼んだ。

「君の考えたとおり、犯人は、いら立って、今度は一カ月待たずに送りつけてきた」

「そうらしいですね」

十津川は、うなずき、本多と一緒に、新聞紙の上に砂を、ぶちまけた。

今度は、左手首の骨が出てきた。が、今回は、その手首に、錆ついた腕時計が、からまっていた。

十津川は、錆ついた腕時計を、外して、手に取った。

ブルガリの婦人用腕時計だった。

錆ついて、細かい砂が、ガラス面にも、こびりついていた。

針は、十一時二十五分で、止まっていた。

もちろん、いつの十一時二十五分かは、わからない。

裏を返し、こびりついている砂を落としてみると、そこに、M・Hの文字が、彫られていた。

おそらく、この腕時計の持ち主の頭文字だろう。

「今度は、やっと、手がかりらしきものが見つかりました」

と、十津川は、本多にいった。

「M・Hか」

「堀《ほり》みゆき、星野《ほしの》みさ、いろいろ考えられますね」

と、十津川は、いった。

「犯人は、どういうつもりかね？」

本多が、首をかしげた。

「別に、何も考えないで、腕時計つきの骨を送ってきたのか、それとも、わざと、腕時計をつけてきたのかということですね」

「身元を解明する手がかりを、送ってやったぞという気持ちかな？」

「かもしれません」

と、十津川は、うなずいてから、

「砂ですが、前の二回よりも、もっと、湿っていますね」

「君もわかったか？」

「すぐわかりました。それで、なかなか、腕時計から、落とせなかったんです」

「とにかく、科研に調べてもらおう」

と、本多は、いった。

その結果、いくつかのことが、わかった。

手首の骨については、前の右手首と同一人のものと断定された。

錆びた腕時計からの指紋の検出はできなかった。

十津川が、関心を持った海砂については、こんな報告が、届けられた。

砂の成分は、前の二件と、まったく同じものである。

水分は、前の二件より多く、塩分は、逆に、薄められている。

「これを、どう考えたらいいと思うね？」

と、十津川は、亀井に、きいた。

「同じ海岸でも、場所によって、微妙に、成分が、違うんじゃありませんか？」

亀井が、きく。

「かもしれないな」

「それが、まったく同じということは、ある海岸の、同じ場所に、埋められているということではないかと思いますが」

と、亀井が、いった。

「それを、少しずつ、掘り出しては砂ごと、警察に送りつけているということになるのかね」

「私には、そうとしか思えません」

「犯人は、なぜ、そんなことをするのかな？」

「わかりませんが、われわれに、その場所を、見つけてみろと、いってるのかもしれません」

と、亀井が、いった。

「砂だが、一回目より、二回目、そして、三回目と、湿りが、大きくなっている。塩分も、薄くなっている。それを、どう思うね？」

十津川が、きく。

「警部は、どう考えておられるんですか？」

「雨だよ」

と、十津川は、いった。

「その場所に、雨が降ったんだよ。最初の二月に、犯人が、掘ったとき、そこは、乾いていた。だが、二回目の三月のとき、雨が降って、砂が、湿っていた。三回目のときはもっと、雨が降ったんだろう。当然、塩分も、少なくなる」

「雪も考えられるんじゃありませんか？　北国や、山陰《さんいん》は、まだ、雪が降りますから」

と、亀井は、いった。

「考えられなくはないが、北国や、山陰なんかは、海岸は、冬は、強風が吹いて、雪は、なかなか積らないものだよ。それに、もし、積ったとしても、三月より、二月のほうが、雪は深いだろう。だから、砂の湿り具合は、逆でなければいけないんだよ」

と、十津川は、いった。

「なるほど。そうかもしれませんね」

亀井も、うなずいた。

「だから、私は、太平洋岸の海砂だと思うのだ。冬は、太平洋側は、晴天が多いからね。二月十日に送りつけられた砂が、乾いていたのは、そのためじゃないか。そして、春が近づくと、雨が降るようになる。だから、二回目、三回目は、湿って、水分が、多くなった」

十津川は、考えながら、いう。

「問題は、犯人が、いつ砂を掘って、警察に送りつけてきたかと、いうことですね」

と、亀井が、いった。

「三日も、四日も前に、掘り出しておいて、小包にして、送るとは、ちょっと、考えられないんだ。私の考えでは、前日に掘り出して、小包にし、翌日、東京に運んできて、ポストに投函したんだと思うね」

「前日というと、いつになりますか？」

「一回目、警視庁に届いたのは、二月十日の午後だ、とすると、二月九日の午後にでも、投函したんだと思うね。とすると、二月八日に掘り出したと、私は見るんだが。それより早くても、二月七日だろう」

十津川は、カレンダーに目をやった。

「すると、二回目は、三月七日か八日で、三回目は、三月十七日か、十八日ということになりますね」

と、亀井は、いった。

「その頃の太平洋側の天気を調べてみたいね」

と、十津川は、いった。

気象庁から、二月から三月にかけての、日本全国の天気についてのデータを送ってもらった。

二月は北日本と日本海側は雪で、太平洋側は晴の日が続いていた。

特に、二月一日から十二日にかけて、太平洋側は晴天が続き、各地で、水不足の声が、あがっていた。

三月に入ると、急に、雨が降るようになった。

ただ、場所によって、量がまったく違っていた。

東北《とうほく》地方から、関東《かんとう》にかけては、三月に入っても、雨が少なく、水不足は、続いた。

三月に入って、雨が降ったのは、東海《とうかい》から近畿《きんき》にかけてである。

また四国《しこく》、九州《きゅうしゅう》も、雨はなく、この地方も、水不足を、訴えていた。

十津川は、次に、三月六日から八日にかけてと、三月十六日から十八日にかけて、どこで、雨が降ったかを調べてみた。

その片方にだけ、雨が降った場所は、かなりの広さだが、両方に、雨が降った場所は、限られていた。

東海《とうかい》地方の静岡《しずおか》県である。

そのなかでも、三月六日から八日の三日間より、十六日から十八日にかけての三日間のほうが、雨量が、極端に多かったのは、伊豆《いず》半島の南部だった。

十津川は、伊豆半島の地図を、持ち出した。

「この南伊豆の海岸のどこかに、ほかの部分の骨が埋まっているのだろうか？」

十津川が、呟く。

「南伊豆といっても、海岸線は、長いですよ」

と、亀井が、いう。

十津川は、自分が、考えたことを、本多一課長に、話してみた。

「それで、静岡県警に依頼して、この海岸線を調べてもらったら、どうかと思いますが」

十津川が、いうと、本多は、言下に、

「それは、駄目だ」

と、いった。

「駄目ですか？」

「三上刑事部長とも、相談したんだが、これは、警視庁捜査一課宛に、送りつけられてきているんだよ。つまり、警視庁捜査一課に、挑戦してきているんだ。その解決を他府県の警察に任せるわけにはいかないじゃないか。犯人から、挑戦されたのに、逃げたと思われるよ。だから、どうしても、この事件は、われわれで、解決したいんだ。部長も、ぜひ、そうしてくれと、おっしゃってる」

と、本多は、いった。

確かに、そういえば、犯人の挑戦を受けているのは、静岡県警ではなく、警視庁捜査一課である。

「わかりました」

と、十津川は、うなずいた。

「何人でやるかね？」

と、本多が、きく。

「今は、私と、亀井刑事の二人だけで結構です。まだ、ほとんど、何もわからないのと同じですから」

と、十津川は、いった。

3

三月二十五日。

十津川と、亀井は、ジャンパーに、スニーカー、リュックサックを背負った格好で、東京を出発した。

リュックサックのなかには、三回にわたって送りつけられた砂や、錆びたブルガリの腕時計、それに、手首の骨などが、入っていた。

覆面パトカーで、東名高速から小田原厚木道路《おだわらあつぎ》を通って熱海《あたみ》に入り、その後は、国道135号線を、南下することにした。

最初は、亀井が、運転した。

十津川が、助手席に腰をおろし、伊豆半島の地図を広げた。

その地図には、赤いペンで、斜線を引いた部分がある。

三月六日から八日と、十六日から十八日にかけての両方で、雨が降った地域である。

もう、伊豆は、春の盛りだった。

日差しが、強い。

十津川は窓を開けた。

心地よい風が、入ってくる。

最初は、今井浜《いまいはま》海岸だった。

広い砂浜が、広がっている。

夏になれば、海水浴客で、あふれるのだろうが、今は、釣人が、五、六人いるだけだった。

ただサーファーは、海で、遊んでいた。

二人は、車から降りると砂浜を、端から端まで、ゆっくりと、歩いていった。

十津川の推理が当たっていれば、犯人は、三回にわたって、砂浜のどこかを掘り起こし、右足首、右手首、左手首と取り出して、それを小包にして、東京へ運び、ポストにほうりこんだのだ。

いくら、丁寧に埋め直したとしても、しっかり見れば、その痕跡は、見つかるのではないか。

十津川は、そう思っていた。

二人は、広い砂浜を、何度も、往復した。

釣人たちが、何をしているんだという目で、十津川と亀井を、見ていた。

だが、二人は、何も見つけられなかった。

どうやら、この今井浜海岸ではないらしい。

それでも、二人は、念のために、この海岸の砂を一握り取って、用意してきた小瓶に入れ〈今井浜海岸〉と書きつけた。

パトカーで、次の海岸に向かう。

次は、下田《しもだ》の手前の白浜《しらはま》である。

名前のとおりの真っ白な砂浜が、五キロにわたって、続いている。

ここも、まだ、海水浴客の姿はない。が、今井浜と同じく、サーファーの姿は、あった。

ここでも、二人は、車から降りて、広い砂浜を何度も、往復した。

だが、見つからない。

二人は、今井浜と同じように、砂を小瓶に入れ〈白浜海岸〉と、書きつけた。

ここから、小さく突き出した須崎《すざき》半島の周囲を、めぐることにした。

各所に、小さな砂浜があったからである。

外浦《そとうら》、九十浜《くじゆっぱま》、爪木崎《つめきざき》と、小さな砂浜が、続く。

その一つ一つで、十津川と、亀井は、しっかりと、調べて歩いたが、結局、何も見つからなかった。

暮れて、下田の街に入った。

伊豆急下田駅の近くのレストランで、二人は、少し早目の夕食を食べた。

そのあと、亀井は、地図を見ながら、

「西海岸にも、いくつもの砂浜があります」

「そうだな。確かに、たくさんある。カメさんは、このままでは、時間がかかりすぎるといいたいんだろう？」

「そうなんです。二手にわかれて、調べていったほうがいいんじゃないかと、思います」

と、亀井は、いった。

十津川も、それを考えていたところだった。

「わかった。カメさんは、このまま、下田周辺を調べながら、伊豆の先端へ向かってくれ。私は、西海岸の田子《たご》にいき、そこから、西海岸を、下田の方向へ、さがってくる」

と、十津川は、いった。

「それでは、警部は、覆面パトカーを使って下さい。私は下田で、レンタカーを、借りることにします」

と、亀井は、いった。

その日、下田のホテルで一泊したあと、十津川は、覆面パトカーで、蓮台寺《れんだいじ》へ抜け、内陸部を、走って、西海岸へ出た。

まず、田子周辺の砂浜を、調べる。

田子の街の北にある大田子の浜と、南にある田子瀬浜《たごせはま》がある。

ひとりなので、前よりも、ゆっくりと、念を入れて、調べる。

どちらの浜にも、掘り返された痕跡は、発見できなかった。

次に、堂ヶ島《どうしま》に向かった。

こちらのほうは、ランの里として有名な植物園があったり、温泉ホテルがあったりで、この季節でも多くの観光客が、きていた。

砂浜にも、人が出ていて、その間をぬって、調べるので、骨が折れた。

すぐ、日暮れがきてしまった。

海岸近くのホテルにチェックインしてから、十津川は、連絡のために、亀井の携帯電話に、かけてみた。

が、なぜか、亀井が出ない。出ないだけでなく、向こうの携帯電話が鳴ってい
る音もきこえてないのだ。

（亀井が、スイッチを、オフにしてしまっているのだろうか？）

そんなことは、ちょっと、考えられなかった。

二手にわかれて、調べようといい出したのは、亀井のほうなのだ。連絡を取り合いながら、捜査を進めていくのは、常識である。亀井は、そうしたことに几帳面な男だった。

考えられるのは、亀井の携帯電話の電池が切れていて、彼が、それに気づかずにいるということだった。

すでに、完全に、外は暗くなっていた。

（おかしいな）

と、十津川は、思い始めた。

十津川のほうから、連絡しなくても、亀井のほうから連絡を取ってくる。そういう男だった。

万一、携帯電話の電池が切れていたとしても、その時に気づくだろうし、用心深い男だから、どこかで充電しているはずだった。

十津川は、今度は、本多一課長に、電話をかけた。

「亀井刑事から、連絡は、ありませんか？」

と、十津川は、きいてみた。

「連絡はないが、一緒じゃないのか？」

「時間がかかりすぎるので、二手にわかれて、調べることにしたんです。亀井刑事は、下田から。私は、西海岸の田子からです。今、彼の携帯に電話したところ、まったく、連絡が、取れないのです」

と、十津川は、いった。

「向こうの携帯が、故障したんじゃないのか？」

「それなら、公衆電話を使って、私の携帯に連絡をとってくると思います。それも、ありません」

「車は、どうしているんだ？」

「私が、パトカーを使い、亀井刑事は、下田で、レンタカーを、借りることになっています」

「まさか、その車が、事故に遭ったということはないだろうね」

と、本多が、いう。

十津川は、一層、不安になってきた。

「すぐ、調べてみます」

と、十津川は、いった。

彼は、下田警察署の電話番号を調べて、かけた。

電話口に出た警官に、

「今日、下田周辺で、交通事故は、ありませんでしたか？」

と、きいた。

「軽い接触事故が、あっただけです。東京からきた観光客の車です」

「それは、レンタカーですか？」

「いや、品川《しながわ》ナンバーの車です」

「相手の車は？」

「地元の建材店の軽トラックです」

「怪我をしたんですか？」

「軽くこすっただけで、双方とも、怪我はしていません」

「それだけなんですね？　今日、これまでに、下田周辺で起きた交通事故は？」

十津川が、しつこくきくと、相手の警官は、

「失礼ですが、どういう関係の方ですか？」

と、きいてきた。

「実は、私の友人が、今日、下田でレンタカーを借りて、下田見物に出かけたんですが、今にいたるもまったく、連絡してこないんです。それで、車の事故でも起こしたんじゃないかと、心配になりまして」

十津川は、自分が、刑事であることは隠して、いった。

「それなら、大丈夫ですよ。今、いったように、軽い接触事故以外の報告は、ありません」

と、警官は、いった。

それで、安心とは、いかなかった。

レンタカーで、事故を起こしたのでなければ、なぜ、亀井は、連絡してこないのか？

どう考えても、亀井が連絡を忘れるとは、考えられないのだ。

十津川は、前よりも、一層不安になってきた。こんなことは、以前には、なかったからである。その日、ほとんど眠らずに、亀井からの連絡を待ったが何もなかった。

翌朝、十津川は、朝食をとらずに、覆面パトカーで、下田に向かった。

下田の街にあるレンタカーの営業所を、片っ端から、調べることにした。

伊豆急の下田駅近くの営業所で、亀井が、車を借りていることが、わかった。

間違いなく、亀井の免許証の写しが、あった。

「昨日の午前十時に、白のニッサンのサニーを、借りていらっしゃいます。予定は、二日間で、前金をいただいています」

と、営業所の受付で、若い社員が、いった。

二日間の予定というので、その社員は、何の心配もしていない感じで、にこにこと、十津川に、応対している。

交通事故も軽い接触事故しか起きていないのだから、営業所の人間が、何の心配もしていないのは、当然といえば、当然だった。

十津川は、亀井の借りた車のナンバーをきいてから、今度は、下田周辺の砂浜を回ってみることにした。

今度の捜す相手は、人骨ではなく、亀井と、彼の借りたレンタカーだった。

だが、見つからない。

下田周辺の砂浜を調べ終えると、十津川は、弓ヶ浜《ゆみはま》、石廊崎《いろうざき》、妻良《めら》、波勝岬《はがちさき》、松崎《まつざき》と回って、堂ヶ島まで、いったが、それでも、とうとう、亀井も、亀井の借りた白いサニーも、見つからなかった。

亀井も、白いサニーも、消えてしまったのだ。

4

十津川は、下田のKホテルに入った。

亀井と二人で、泊まったホテルである。

そこに、西本たち六人の刑事を呼び寄せた。

「今のところ、静岡県警に、助けを求める気はない」

と、十津川は、六人の部下に向かって、いった。

「これは、あくまでも、われわれの問題だから、われわれで、解決したいんだよ」

「どんな方法で、捜したらいいんでしょうか?」

西本刑事が、きく。

「それが、わからなくて、困っている。亀井刑事のほうから、連絡してくるとしたら、私の携帯か、本多一課長にだろう。第一に、それを期待していたんだが、ただ、待っているばかりでも仕方がない。君たちは、三名ずつ、組になって、亀井刑事の借りた白いサニーを捜してもらいたい」

と、十津川は、いった。

「亀井さんは、問題の人骨について、南部を、調べていたんでしょう。そのことと、今度の失踪は、関係があると、思われますか？」

日下刑事が、きく。

「かもしれないが、今は、予断を持つのは、危険だから、とにかく、白いサニーの発見に、全力をあげてくれ」

と、十津川は、いった。

六人の刑事は、二台の覆面パトカーで、白いサニーを捜しに、ホテルを、出発していった。

十津川は、ホテルに残って、亀井からの連絡を待つことにした。

午後三時をすぎた時、十津川の携帯電話が、鳴った。

（亀井か？）

と、思って、

「カメさんか？」

と、きくと、

「木下《きのした》です」

と、相手が、いった。

「木下？」

「昨日、お会いしたレンタカーの営業所の木下です。あの時、十津川さんの携帯の番号をおききしましたので」

「何か、わかったのか？」

思わず、声が、大きくなった。

「亀井さんにお貸しした白いサニーが、見つかりましたので、一応、おしらせしようと、思いまして」

「亀井は？」

「それは、わかりません。車だけ、見つかりましたので」

「どこでです？」

「天城《あまぎ》の、旧トンネルの近くです。これから、車を取りにいくんです」

「私も、同行させてほしい」

と、十津川は、いった。

木下ともうひとりの社員が、営業車で、ホテルへ迎えにきてくれた。

その車に乗って、国道414号を、修善寺《しゅぜんじ》に向かって、北上する。

「亀井さんは、今日中に、下田の営業所へ車を返すと、おっしゃっていたんですが、どうも、天城で、乗り捨てられたようで」

と、木下は、運転しながら、助手席の十津川に、いった。

「彼は、そんな人間じゃない。約束を守る男ですよ」

「でも、古いトンネルの入口のところに、乗り捨てられているのを、タクシーの運転手が見つけて、うちへ連絡してくれたんです」

と、木下はいう。

十津川は、黙って、考えこんだ。亀井の身に、いったい、何が起きたんだろう？

河津七滝《かわづななだる》のループ橋を渡り、しばらく走ると、天城峠が、見えてきた。

新しい道路は、天城トンネルを抜けるのだが、旧道のほうは、小説『伊豆の踊り子』で、有名な、古い天城トンネルに入る。

最近は、観光客の姿も、少なくなったというが、それでも、苔《こけ》むしたトンネルの入口近くに、タクシーが一台駐まっていて、運転手が、若いカップルに、トンネルを指さして、何か説明していた。

そのタクシーの傍に、白いサニーが、駐まっているのが見えた。

亀井が、昨日借りたサニーだった。

タクシーが、走り去ったあと、木下と、十津川は、車から降りて、サニーに、近寄った。

木下が、無造作にドアを開けようとするのを、十津川は、彼の腕を摑んで、止めた。

「触らないでほしい」

「困りますね。所長に、すぐ動くかどうか調べて、報告しろと、いわれているんです」

と、木下が、怒ったように、いう。

仕方なく、十津川は、警察手帳を、相手に見せた。

木下は、びっくりした顔で、

「この車が、何かの犯罪に使われたんですか？」

と、きく。

十津川は、それには、答えず、

「あなたたちは、このまま、帰って下さい。この車は、私が、責任を持って、夕方までに、下田の営業所に、返します」

と、木下に、いった。

二人が、車を運転して、帰ってしまうと、十津川は、携帯電話で、西本たちに、連絡を取った。

「カメさんの借りた白いサニーが、旧天城トンネルの入口近くで見つかったが、カメさんは見つからない。すぐ、ここに集まってほしい」

十津川は、指紋の採れる道具も、用意しておいてくれとも、いった。

そのあと、十津川は、自分の指紋がつかないように、手袋をはめ、用心深く、運転席を覗きこんだ。

もちろん、運転席にも、リアシートにも、人はいない。人の争った形跡もなかった。

ドアを開け、床や、シートを、詳細に調べた。が、血痕らしきものは見つからなかった。

車のキーは、刺しこんだままになっている。

後部トランクを開けてみたが、そこに入っていたのは予備のタイヤと、工具だけだった。

西本たちの二台の車が、あいついで、到着した。

六人の刑事は、車から、飛び出してきて、白いサニーを囲んだ。

三田村刑事が、用意してきた道具で、ドアや、ハンドルの指紋を採り始めたが、

「指紋が出ません」

と、十津川に、いった。

どうやら、ここまで、サニーを運転してきた人間は、用心深く、手袋をはめていたのだろう。

それとも、綺麗に、指紋を拭き取ってから、姿を消したのか？

（後者だな）

と、思った。

そのために、亀井の指紋も、消えてしまったのだろう。

六人の刑事たちは、改めて、運転席と、リアシートにもぐりこみ、何か、遺留品はないかと、捜した。

その間に、十津川は、ひとりで、旧天城トンネルの入口に向かって、歩いていった。

周囲は、深い森に囲まれている。

いかにも、古い感じのトンネルで、入口は、石で造られていた。

電灯が点いているのだが、それでも、四百四十六メートルのトンネルは薄暗い。

トンネルの向こうには、踊子《おどりこ》歩道と呼ばれる旧街道が、続いているという。

まさか、亀井は、このトンネルを、歩いて、抜けていったのではないだろう。

こんな山のなかに、砂浜などないからだ。

亀井は、何か面白いことが見つかっても、仕事をほうり出すような、男ではない。

そのことは、誰よりも、十津川が、よくしっていた。

亀井の身に、何か起きたに違いない。それも、十津川に連絡が取れないような事態になっているのだろう。

十津川は、レンタカーの営業所に電話をかけ、亀井が借りた時のサニーのメーターの数字を、教えてもらった。

その数字から、今のメーターの数字を引けば、亀井が、借りてから、何キロ、車が走ったのかがわかる。

その数字を、十津川は、伊豆の地図と、引き比べてみた。

その結果わかったのは、下田から、この旧天城トンネルまでの距離を除くと、あと、わずか、二十五キロの数字しか、残らないということだった。

亀井は、下田周辺の海岸を走り、砂浜を調べるために、レンタカーを借りたのである。

それなのに、二十五キロしか、走っていないことになってくるのだ。

それも、往復の距離になるから、十二、三キロしか、下田の営業所から、亀井自身は、走っていないのではないか。

そう考えると、亀井が、どのあたりの海岸までいったかが、わかってくる。

十津川は、その考えを、西本刑事たちに、伝えた。

「下田から、十二、三キロ以内の海岸にある砂浜までいったと、私は、思う。そして、そこで、何か事件にぶつかったんだ」

「カメさんは、骨が埋められた場所を、見つけたんでしょうか?」

と、三田村が、きく。

「と、思う。いや、見つけたんだ――」

と、十津川は、いってから、急に、顔色を変えて、

「ひょっとすると、見つけるように、仕向けられたのかもしれない」

「どういうことですか？」

日下刑事が、首をかしげて、十津川を見た。

「骨は、餌なのさ。思わせぶりに、切断した人間の骨を、砂にまぶして、捜査一課に送りつけてきた。当然われわれが、興味を持つと計算してだよ。蟻地獄が、砂に隠れて、じっと、獲物を待つように、今回の犯人は、じっと、獲物であるわれわれを、待ち伏せていたんだ。たまたま、カメさんが、その罠に引っかかったと思っている。もし、私が、カメさんがいった場所にいっていたら、私が、罠にはまったと思っている」

十津川は、考えながら、いった。

「犯人は、いったい誰なんですか？」

と、西本が、きく。

「わからん。だが、警視庁捜査一課に、恨みを持っている人間だとは、思う」

「それで、捜査一課のカメさんを、殺す気でいるんでしょうか？　それとも、も

う、殺されてしまったんでしょうか？」

と、北条早苗が、きいた。

「殺す気なら、こんな面倒くさい方法をとらんだろう。いきなり、銃で、撃ってくるさ。だから犯人は、何か要求する気なんだ。カメさんは、その人質にとられたのかもしれない」

と、十津川は、いった。

彼が、サニーを運転して、下田の営業所へ返すことになり、ほかの刑事たちは、下田周辺で、亀井がいったと思われる海岸の砂浜を捜すことにした。

十津川が、サニーを営業所に返しているとき、携帯電話が、鳴った。

本多一課長だった。

「すぐ、帰ってきてくれ」

と、本多が、いう。

「どうしたんですか？」

「五分前に、捜査一課に、FAXが入ったんだ。読むぞ」

と、本多は、いった。

〈亀井刑事を、人質にとった。こちらの要求が、どんなものか、わかっているはずだ。

お前たちが、わからないほど愚《おろ》かなら、今から、十日以内に、亀井刑事を殺す。助けたければ、頭と記憶力を最大限に発揮して、こちらの要求を達成しろ。

M・H〉

「どうだ？　何かわかるか？」

「とにかく、急いで、帰ります」

と、十津川は、いった。

下田駅から、特急「踊り子」に乗りこむ。その電車のなかから、携帯電話で、西本たちに、連絡を取った。

「骨の埋められた場所を発見したら、すぐ、帰京しろ。もし、なかなか、見つからないとしたら、二人を残して、ほかの四人は、東京に戻るんだ」

5

警視庁に戻ると、本多一課長から、問題のＦＡＸの実物を、見せてもらった。

「発信人のところは、消してあるので、どこから、発信したのか、不明だ」

と、本多は、いった。

「こちらの要求は、わかっているはずだ――ですか」

「君には、何を要求しているのか、わかるか？」

「ちょっと、考えさせて下さい」

十津川は、ＦＡＸの文字を、穴のあくほど、見つめた。

手がかりは、いくつかある。
○一年か一年半を経過した女の骨
○頭と記憶力を働かせろという言葉
○Ｍ・Ｈの署名。骨と一緒に送られてきたブルガリの腕時計の裏にも、同じサインが彫られていた。

犯人は、それだけの手がかりで、自分の要求していることがわかるはずだと、いっているのだ。

十津川は、目をあげて、本多に、

「一年ほど前に事件がありました」

と、いった。

「殺人事件か？」

「いや、自殺です」

「それなら、うちが扱う事件じゃない」

「そうです。だから、一年前にも、捜査はせず、自殺として、処理したんです」

「どんな事件だったかな？」

「確か、世田谷《せたがや》区成城《せいじょう》の高級マンションで、二十代の若い女が、死んだ事件です。女の名前は、堀みゆきか、星野みさといったはずです」

「つまり、M・Hか」

「そうなります。われわれが調べたところ、部屋には、鍵がかかっていたし、外傷もありませんでした。死因は、睡眠薬を多量に飲んだためとわかって、自殺と断定したんです」

「思い出したぞ。父親が怒って、娘は自殺なんかしない、殺されたんだから、犯人を見つけてくれと、押しかけてきたんだった」

「そうです。われわれも、一応は、調べてみたんですが、他殺の線は、浮かんできませんでした。父親は、遺体を引き取ったが、それを、伊豆の砂浜に埋めたんじゃありませんかね」

「何のために？」

「白骨化した死体を、切りきざんで、われわれを誘い出す餌にしたんです」

「つまり、捜査一課の誰かを監禁して、一年前のことを、捜査させるためにか？」

「そうです」

「なぜ、そんな面倒なことを？」

「一年前、われわれは、自殺と断定したんです。尋常なことでは、捜査してくれないと、思ったんでしょう」

「一年もたってから、なぜ、こんな途方もないことを、要求してきたんだろう？」

「一年たった今ということにも、何か理由があるかもしれません」

と、十津川は、いった。

「どうしたら、いいと思うね?」

本多は、じっと十津川を見た。

「亀井刑事の行方を捜すと共に、一年前のこの事件を再捜査します」

「こんなめちゃくちゃな要求に、したがうというのかね?」

「犯人は、十日間と期限を切っています。しかしわれわれで、一年前のこの事件を、再捜査する姿勢を示さないと、二、三日中に亀井刑事を、殺すかもしれません」

と、十津川は、いった。

夜になって、西本たち全員が、戻ってきた。

「問題の砂浜がわかったのか?」

「見つけました。下田に、弓ヶ浜という広い砂浜があるんですが、その近くに小さい砂浜があって、あまり人の入らない場所なのです。そこに、掘り起こした形跡があったので、掘り返してみたところ、人骨が出てきました。頭部、胴体、それに、左足です。それを、車のトランクに入れて、持ってきましたが、骨と一緒に、これが、埋めてありました」

と、西本が透明なビニール袋に包んだ横長の時計を、十津川に、見せた。

ビニール袋を剝がして、それを、机の上に置いた。

あと9日14時間47分

表示は、そうなっていた。

十津川が、見つめている間に、分のところが、47から46に変わった。

「くそっ」

と、十津川は、舌打ちした。

「われわれの尻を叩いているんだ」

「何の時間ですか？」

「これが、ゼロになったら、カメさんを殺すと、いってるんだ」

十津川は、ＦＡＸを、西本たちに見せた。

「確か、この事件は、一年前の——」

と、北条早苗が、いう。

「そうだ。それを再捜査しろと、いってるんだよ」

と、十津川は、いった。

一年前の事件の資料を、かき集めた。

と、いっても、捜査一課としては、ほとんど捜査していないのだから、少ないものだった。

それでも、事件の概略は、書かれていた。

一年前の二月十日。

世田谷区成城の高級マンションヴィラ成城の405号室で、堀みゆき、二十五歳が、死体で、発見された。

伊豆の下田に住む父親が、五日前から、連絡がないのを心配して、管理人に電話をし、マスターキーで部屋に入った管理人が、死んでいる堀みゆきを、発見したのである。

他殺の疑いもあるというので、十津川たちが、現場に出かけた。

しかし、結果として、自殺と断定し、処理した。

入口のドアには、鍵がおりていたこと。

睡眠薬を多量に飲んだ形跡があること。

最近、いろいろと悩みを、同僚に、打ち明けていたこと——などからである。

堀みゆきは、短大を卒業したあと、都内の建設会社のＯＬになった。

彼女は、短大時代、準ミスになっている。ＯＬとしての安月給が、いやになって、美貌と、豊満な肉体で、金を稼ごうと、建設会社をやめ、水商売に入った。

みゆきが、働いていたのは、銀座《ぎんざ》のクラブ〈サフラン〉だが、客ダネがいいこの店で、たちまち、ナンバーワンになった。

おかげで、成城の高級マンションに住み、贅沢もできるようになったが、同僚のホステスには「疲れた」とか「生きるのがいやになった」とか、話していた。

そのせいか、みゆきは、医師に相談して、睡眠薬を、常用していた。

その睡眠薬を、溜めておいて、一度に、多量に飲んで、自殺したと、考えたのだ。

彼女の父親、堀真次郎《しんじろう》とは、親ひとり、娘ひとりだった。

堀は、当時、伊豆の下田で、小さな旅館をやっていた。

彼は、警視庁に乗りこんでくると、捜査一課に怒鳴りこんだ。娘は、自殺なんかでは死なない。

誰かに、殺されたんだというのだ。

しかし、結局、自殺ということになり、堀は、遺体を、引き取っていった。

ところが、堀は、娘の遺体を荼毘《だび》には付さず、海岸の砂のなかに埋めたのだ。

もちろん、そんなことは、十津川は、しらなかった。

その後、堀の旅館が倒産し、彼が、失踪したと、噂にきいただけだった。

「なぜ、一年間、待ったんでしょうか？　白骨化するのなら、半年あれば、白骨になるんじゃありませんか」

と、日下が、いった。

「何か、意味があるのさ。犯人にとっては」

十津川は、不機嫌に、いった。

「亀井刑事は、大丈夫でしょうか？」

と、早苗が、きく。

「犯人は、もう一度この事件を、われわれに調べさせたいんだ。殺人事件として。目的は、カメさんを殺すことじゃないから、あと十日、いや、あと九日と十四時間は、大丈夫だろう」

と、十津川は、いった。

堀みゆきの顔写真が、黒板に、貼りつけられた。

父親の堀の写真は、当時の新聞から切り抜いて、横に貼った。

「田中と、片山の二人は、いま、堀が、どこにいるか調べてくれ。カメさんは、その近くに、監禁されているはずだ。ほかの者は、一年前のこの事件を、もう一度、調べろ。殺人事件としてだ」

と、十津川は、部下の刑事たちに、いった。

翌日、西本たちは、成城のヴィラ成城に、調べにいき、十津川は、夕方になってから、銀座のクラブ〈サフラン〉に出かけた。

こちらは一年前と、まったく変わっていなかった。

この不景気なのに、客が、入っているのは、一年前と同じようにいい客が多いということなのだろう。

ママも、同じだった。

十津川が、堀みゆきの名前をいうと、ママは、眉を寄せて、

「みゆきちゃんのことを、まだ、調べているんですか？　自殺なのに」

「別の事件での関係でね」

と、十津川は弁明してから、

「彼女と、つき合いの深かった客の名前を、教えてくれませんか」

「困りますよ。みなさん、迷惑するから」

「その人たちを、調べようというんじゃないんですよ。ただ参考のためです」

「でも――」

「ママが、教えてくれないと、この店にくる全員に、ひとりひとりきかなければなりません。それじゃあ、困るでしょう」

と、十津川は脅した。

「じゃあ、内緒ですよ」

と、ママは断って、三人の名前を教えてくれた。

黒川清《くろかわきよし》（二十九歳）プロ野球選手
唐木治《からきおさむ》（三十五歳）唐木通信の社長の弟
大石隆一《おおいしりゆういち》（五十歳）ファーストフードK社長

黒川は、一年前も、今も〈クリッパーズ〉の三番打者として、活躍している。

唐木は確か、政界に入ったはずだった。

大石は、二十年一緒だった妻と、離婚し、その慰謝料が、十億円ということで、新聞ダネになった男である。

この三人の写真も、手に入れ、黒板に、並べて、貼った。

西本たちは、戻ってくると、

「ヴィラ成城の彼女の405号室ですが、去年の八月に、売却されていました」

と、十津川に、報告した。

「彼女の持ち物じゃなかったのか？」

「違うみたいです。堀みゆきが、死んだ一カ月後に、売りに出されていたんですが、八千万円の売り値が高いというので、売れなかったといいます。去年の八月になって、持ち主が、急に、五千万円に下げたので、売れたそうです」

「あのマンションは、億ションだったんだろう？」

「それが、いまや、半額の五千万です」

と、西本は、いった。

「持ち主は、誰だったんだ？」

十津川が、きくと、日下が、手帳に目をやって、

「木村康成《きむらやすなり》。五十六歳。弁護士です。住所は、杉並《すぎなみ》区代田《だいた》二丁目」

と、いった。

「木村康成なんて名前は、きいてないな」

十津川は、黒板の三人の名前に、目をやった。

「しかし、その名前で、登記されていたのは、間違いありません」

「どんな男なのか、調べてくれ」

と、十津川は、いった。

翌日、三田村と、北条早苗の二人が、その弁護士のことを調べに出かけていった。

二人は、外から、十津川に、電話してきて、

「木村は、六本木《ろっぽんぎ》に、法律事務所を、持っています。遣り手という評判です」

と、まず、三田村が、いった。

それに、つけ加えるように、早苗が、

「木村弁護士は、唐木通信の顧問弁護士をやっています。五年前からです」

と、いった。

十津川は、反射的に、黒板に、目をやった。

そこに、唐木治の名前があった。

あのマンションの405号室は、木村の名義になっていても、本当の持ち主は、唐木治ではなかったのか？

そう考えると、納得がいくのだ。

今度は、刑事たちに、唐木治のことを、調べさせた。

唐木治は、K大政経を卒業後、八歳年上の兄唐木明《あきら》の経営している唐木通信に入る。

唐木通信は、最近の情報革命のなかで、急成長してきた会社である。

唐木治は、もともと、政治家志望だった。

去年九月の総選挙で、当選した。

今年の二月に、同じ保守党の大物政治家、矢口成章《やぐちなりあき》のひとり娘と、結婚した。

「政界入りを考えていたので、自分の名前で、堀みゆきを、マンションに囲《かこ》うわけにはいかず、弁護士の木村に頼んで、彼の名義で、ヴィラ成城の405号室を購入し、堀みゆきに住まわせていたんだろう」

と、十津川は、いった。

「それで、堀みゆきが死ぬとすぐ、売りに出したわけですね」

と、早苗が、いう。

「最初、八千万円で売りに出し、八月になって、急に五千万円に、値下げした理由もわかるよ。九月に総選挙があった。だから、唐木治は、金が、必要だったんだよ。選挙資金としてね。それで、三千万も下げて、あのマンションを売却したんだ」

「彼は、今年の二月に、結婚していますが、それが、今回のことと、何か、関係があると思いますか？」

と、早苗がきいた。

「あるだろう。たぶん、父親の堀は、娘の死に、唐木治が、何らかの関係があると、思っていたんだと思う。だが、その証拠を摑むことができずにいたんじゃないかな。その唐木が、政界のドンみたいな男の娘と結婚した。堀は、その娘と一緒になるために、邪魔になるみゆきが殺されたとでも考えたのかもしれない。そこで、われわれに罠をかけ、無理矢理、唐木治のことを、調べさせようとしたんじゃないかね」

と、十津川は、いった。

「警部は、どう思いますか？」

「わからないよ」

十津川は、吐き出すようにいい、机の上の時計に目をやった。

あと、七日と十九時間三十六分。いや、三十五分だ。

「脅かされて、捜査をするというのは、何とも、腹立たしいな」

「しかし、カメさんの生命《いのち》が、かかっています」

西本が、いった。

「わかっている。だから、捜査しているんだ。しかし、いくら調べても、堀みゆきの自殺説が、崩れなかったら、どうするんだ？ 堀は、ご苦労さんといって、カメさんを、解放してくれるかね？」

「私も、それが、不安ですが、カメさんの行方がわからない以上、この捜査を進めるより仕方が、ないんじゃありませんか？」

日下が、いった。

「だから、わかっているといってる」

十津川は、不機嫌に、いった。

十津川が、部下に対して、こんな態度を取るのは、珍しかった。それだけ、十津川は、脅かされるということが、面白くないのだ。

だが、捜査は、続けなければならない。

十津川は、堀みゆきの遺体を診《み》た医師に、会うことにした。

小柴《こしば》というM大病院の医師だった。

「あのことは、よく覚えていますよ。私が、診たとき、死後、何日も、たっていたんです」

と、小柴は、十津川に、いった。

「確か五日だったと、思います」

「ああ。そうでしたね」

「それでも、睡眠薬を、飲んでいたことは、わかったんですね？」

「それは、わかりました」

「薬のなかには、死後五日もたつと、わからなくなってしまうものも、あるんじゃありませんか？」

と、十津川は、きいた。

「薬によっては、そのとおりです」

「例えば、筋肉弛緩《しかん》剤は、どうですか？」

「筋肉弛緩剤――ですか？」

「そうです」

「五日もたてば、わからなくなるかもしれません」

「では、何者かが、彼女に睡眠薬を飲ませ、眠ったところに、筋肉弛緩剤を注射する。その後、五日も放置されて、死体で、発見された。そうなったとき、睡眠薬は、検出されても、筋肉弛緩剤のほうは、解剖しても、出てこないということも、あるわけですね？」

と、十津川は、いった。

「それは、あり得ます」

と、小柴医師は、うなずいてから、

「そうなんですか？」

「可能性を伺っているだけです」

「可能性は、ありますよ。しかし、警察も、あの時は、自殺と、考えられていたんじゃないんですか？」

小柴は、変な顔をして、十津川を見た。

「そうです。殺人と考えるものが、ありませんし、彼女が、人生に、悩んでいたからです」

「それを、また、急に、調べておられるのは、なぜなんですか？」

と、小柴は、きく。

「あの時、彼女は、睡眠薬を常用していましたね？」

「そうです。D病院から、睡眠薬をもらって、毎日、飲んでいました」

「どのくらいの期間、常用していたんでしたっけ？」

「半年間と、きいていました」

「半年間も、毎日、飲んでいたとすると、薬に対して、抵抗力が強くなるんじゃありませんか？」

と、十津川は、きいた。

「それは、当然、強くなると思います。それが、薬の怖《こわ》いところです」

「一錠で眠れるのが、二錠飲まないと眠れなくなるということですね？」

「まあ、そうです」

「普通の人なら、飲めば、簡単に眠ってしまうが、抵抗力のついてしまった彼女は、薬を飲んでも、なかなか、利かなくなっていた」

「ええ」

「そうなると、彼女が、多量に、飲んでいても、死ぬとは、限りませんね」

と、十津川は、いう。

「あの時、私が診た限りでは、睡眠薬しか見つからなかったのです。それで、睡眠薬による自殺と考えたのですよ」

「しかし、筋肉弛緩剤を、注射した可能性も、あるわけですね？」

「そんなことが、あったんですか？」

「私は、可能性を考えているだけです」

と、十津川は、いった。

彼の頭のなかで、一つのストーリーが、できあがっていった。

もちろん、それは、あくまでも、ストーリーである。

〈政治的野心を持つ唐木治は、ある日、銀座のクラブで、ホステスの堀みゆきに会った。

一目惚れし、二人は、関係ができた。唐木は、将来のことを考え、自分の名前を使わず、木村に頼んで彼の名義で、ヴィラ成城の405号室を手に入れ、みゆきを、住まわせた。

去年になって、総選挙が、近づく。そこで、保守党のドン矢口成章に接近した。

当然、堀みゆきとの関係は、選挙にはマイナスである。そこで、わかれ話を持ち出したが、みゆきは、絶対わかれないという。その時彼女は、政治家夫人を夢見たのかもしれない。

持て余した唐木は、みゆきを、殺すことを考え、二月のある夜、睡眠薬を飲ませて、眠らせてから、筋肉弛緩剤を注射して、殺した。

五日後に彼女は、死体で発見されたが、睡眠薬しか検出されず、自殺ということになった。

唐木は、その後、八千万円で、マンションを、売却しようとしたが、高くて売れない。

九月の選挙が近づいたので、八月に、三千万下げ、五千万で売却。これを選挙資金とし、矢口成章の助けもあって、唐木は、当選し、憧れの政界入りを果した〉

「唐木が、去年の二月頃筋肉弛緩剤を、手に入れたかどうか、何とかして、調べてほしいんだ」

と、十津川は、刑事たちに、いった。

彼自身は、その頃の唐木と、堀みゆきの仲についてきくために、もう一度、銀座のクラブ〈サフラン〉に出かけた。

ママには、きかなかった。今でも、唐木は、この店の常連だときいたからである。

それなら、ママは、唐木に不利益なことは、喋らないだろう。

十津川は、ホステスたちに、当たってみた。

その結果、堀みゆきと仲のよかったというホステスが、この店をやめていることが、わかった。

店をやめていれば、自由に、喋ってくれるだろう。十津川は、そう考え、ひとりで、彼女に、会いにいくことにした。

名前は、金井亜木子《かないあきこ》。

三十五歳で、池袋《いけぶくろ》で、バーを始めていた。

弟だという若いバーテンとの二人だけの小さな店だった。

「彼女とは、仲がよかったわ。だから、彼女が死んだときは、すごいショックだった。店で、ナンバーワンで、豪華マンションに住んで、素敵な恋人がいたのよ。それなのに、五日間も、しられずに、ひとりで死んでいたんでしょう。つくづく、いやになって、それで、あのあと、銀座から逃げて、自分で、この店を始めたの」

と、亜木子は、いった。

「素晴らしい恋人というのは、唐木治のことですね？」

「そう。人気の青年実業家だし、顔はいいし、みんな、いい人を摑まえたわねって、羨ましがってた。独身だったしね」

「みゆきさんは、唐木さんに惚れてたんでしょうね？」

「そうよ。最初は、いいお客だという気だったと思うけど、途中から、本気になっちゃったみたいで、今まで、つき合ってた野球選手なんかと、つき合わなくなってたもの」

「じゃあ、唐木さんと、結婚したいと思ってたのかな？」

「と、思うわ」

「唐木さんのほうは、どう思っていたんだろう？」

「私は、きいたことないけど、彼女が、悩んでたのはしってたわ。彼が、冷たくなってたんだと思う。それで、睡眠薬を、飲むようになったのよ」

「彼女は、自殺したと思いますか？」

と、十津川は、きいた。

「違うの？　警察は、自殺だと、いったじゃないの」

「そうですが、彼女と親しかったあなたの意見をききたいと、思いましてね」

「私には、わからないわ。医者じゃないから。ただ、一つだけ、疑問があるの」

「どんなことです？」

「これは『サフラン』のママには、内緒にしてほしいんだけど――」

「いいですよ。話して下さい」

「みゆきは、お店のナンバーワンだった。だから一日でも店を休めば、ママは、すぐ、電話して、どうして休んだのか、きいていたわ。ほかのホステスを、彼女のマンションに、すぐやったりしてね。だから、五日間も、死んだのがわからなかったっていうのが、信じられないのよ」

と、亜木子は、いう。

「私も、同じ疑問を持っているんですよ。なぜ五日間も、見つからなかったのか。伊豆に住む父親の電話で、やっと、管理人が、ドアをマスターキーで開けて、見つけたんですからね。なぜ『サフラン』のママは、五日間も休んでいるのに、心配しなかったのか、それが、不思議でね。どうして、連絡をとらなかったんですかね？」

「私にもわからないの。ナンバーワンの彼女が休めば、客がこなくなるんだから、普通なら気になって、どうしたのか調べるはずなのにね。あの時は、ぜんぜん、心配していなかったもの」

と、亜木子は、いう。

十津川は、その足で、銀座のクラブ〈サフラン〉へいき、ママに、同じ質問をぶつけてみた。

ママは、瞬間、険《けわ》しい目つきになって、

「もう、すんだことなのに、どうして、そんなことをきくんです？」

「どうしても、腑に落ちないんですよ。あの時は、ナンバーワンの彼女が、五日間も、休んでいるのに、あなたは、心配して調べることをしなかった。どうしてなんですか？」

「旅行していると、思ってたんですよ」

と、ママは、いう。

「旅行？　どちらにですか？」

「どちらかっていわれてもわかりませんよ。彼女が、一週間ほど、旅行にいきたいので、休みを下さいって、前日に、いってきたんです」

「ひとりで、旅行にいくと？」

十津川が、いうと、ママは、笑って、

「彼とに決まってるじゃないの」

「彼とって、唐木さんですか？」

「私は、そう思ってましたよ」

「その五日間、唐木さんも、店にこなかったんですか？」

「ええ。だから、てっきり、唐木さんと、外国旅行でもしてると思ってたんですよ」

「しかし、彼女は、自分のマンションで、死んでいた……」

「ええ」

「びっくりしたでしょう？」

「ええ。でも、自殺だときいて、あの旅行話は、嘘だったんだと思ったし、だから、黙ってたんですよ。よっぽど、悩んでいたんだろうと思うの」

「唐木さんと旅行にいくと、はっきり、いったんですか？」

「ええ。それじゃなきゃあ、いいわよ、休んで、なんていわないわ」

と、ママは、いった。

「その話をするとき、彼女は、どんな様子でしたか、嬉しそうでした？」

「にこにこしてたわ。だから、私は、ぜんぜん、疑わなかったのよ。今から、考えると、あの時、死を覚悟して、顔で笑って、心で泣いてたのかしらね」

ママは、古風ないい方をした。

6

田中と片山の二人は、亀井の監禁場所を摑めず、堀の行方もわからず、下田周辺を、さ迷い続けていた。

時間だけが、空《むな》しく、すぎていく。

十津川は、その時間に追われるように、議員会館に、唐木代議士を訪れた。

写真では、唐木の顔は、毎日、見ているのだが、実際に会うのは、今日が、初めてだった。

結婚した妻の京子《きようこ》が、唐木の秘書をしていた。

「ちょっと、外で、話しませんか」

と、十津川は、唐木を誘った。

奥さんの前では、ききにくいことだった。

唐木も、それが、わかったとみえて、あっさり、十津川と一緒に、議員会館の外に出てくれた。

十津川は、彼を、喫茶店に誘った。

コーヒーが、運ばれてきてから、

「堀みゆきさんのことなんですが」

と、十津川は、切り出した。

「彼女は、自殺ですよ。それに、もう、遠い話です」

と、唐木は、いう。

「まだ、一年しか、たっていませんが」

「時間の云々《うんぬん》じゃなくて、境遇のことをいってるんです。一年前、僕は、代議士でもなかったし、独身でしたが、今は、政界に進出しているし、結婚もしています。その違いです」

唐木は、いった。

「なるほど。それでも、私としては、堀みゆきさんのことを、きかなければならないんです。彼女はヴィラ成城の４０５号室で死んでいたんですが、あのマンションの本当のオーナーは、あなたですね？　名義は、弁護士さんですが」

「そのとおりです。ただ、犯罪になるとは、思えませんがね」

「それだけですか？　それなら、電話して下されば、答えましたよ」

「もう一つ、堀みゆきさんは、死ぬ前に、店のママに、一週間ばかり、あなたと旅行にいくと、いっていたんです。だから、ママは五日間も、堀みゆきさんが店を休んでも、心配していなかった、そういってるんです」

「それは、嘘だ。僕は、あの時、一緒に、旅行にいこうなんて、彼女を誘ったりしていませんよ」

唐木は、むきになって、いう。

「一週間の旅行を、約束した覚えはないというわけですね？」

「当たり前ですよ」

「なぜ、堀みゆきさんは、あなたと、一週間旅行にいくと、ママにいったんでしょうか？」

「わかりませんよ。そんなこと」

「お二人で、旅行したことは、なかったんですか？」

「いや。二回ばかりしています」

「どこへいかれたんですか？」

「ハワイと、香港《ホンコン》です」

「だが、あの時は、旅行の約束はしていなかった？」

「そうです」

「彼女が死んだ頃ですが、お二人の仲は、難しくなっていたんじゃありませんか？」

「どういうことです？」

「あなたは、政界への野心を持っていた。そのため政界のドンと呼ばれる矢口成章氏に近づいていた。だから、スキャンダルになりそうな堀みゆきさんとの関係を清算しようとしたが、彼女のほうは、わかれるのを拒否していた——」

「ちょっと、待って下さい」

と、唐木は、慌てた様子で、十津川の言葉をさえ切った。

「彼女とは、気まずくなんて、なっていませんでしたよ」

「じゃあ、仲がよかったということですか？」

「そうですよ。僕は、そんな冷たい人間じゃありません」

「しかし、五日間、彼女から連絡がなくても、別に心配をしなかったんですね」

「たった五日間ですよ。それに、彼女は大人ですよ。僕は、きちんと、彼女が店に出ているものと思ってたんです」

「彼女が死んだ日のことですが」

と、十津川が、いいかけると、唐木は、

「一年前のアリバイなんかきかれても、覚えていませんよ」

と、先回りしていった。

「あのマンションの本当のオーナーが、あなただということは、否定されませんでしたね？」

「否定しませんよ。ちゃんと、調べたんでしょう？」

「と、すると、あの部屋のキーを、あなたが持っていても当然ですね」

「何が、いいたいんです？」

「ただ、本当に確認しているだけです」

「不愉快だ！」

突然、怒鳴るようにいうと、唐木は、さっさと、店を出ていってしまった。

十津川は、黙って、見送った。

状況証拠は、少しずつ、唐木治が、クロに見えてくる。だが、決定的な証拠は何もない。

十津川が、戻ると、西本が、

「唐木と、筋肉弛緩剤の関係ですが、一つわかったことがあります」

と、報告した。

「話してくれ」

「一年前頃ですが、唐木が、親しくしてた男に、深見吾郎《ふかみごろう》という男がいます。同じ年齢《とし》です」

「どういう男なんだ？」

「深見動物病院の若い院長です。その頃、唐木は、ドーベルマンを飼っていまして、そのドーベルマンが、病気になり、診てもらってから、親しくなったんです。二人で、例の銀座のクラブにも、飲みにいっていたようです」

「それで、筋肉弛緩剤との関係は、どうなってくるんだ？」

「動物も、癌になります。どうしても、助からない。安楽死させたいというとき、深見病院では、筋肉弛緩剤を、使っているんです。唐木のドーベルマンも、あの事件の一カ月前に、直腸癌で亡くなっていますが、その時も、筋肉弛緩剤で、安楽死させているんです」

「つまり、唐木はその薬が、どんなふうに効くかしっていたわけだな」

「そのとおりです。それに、筋肉弛緩剤を、手に入れるチャンスもあったわけです」

「それで、深見医師に会ってみたか？」

「それが、会えないんです」

「どうして？」

「今、アメリカにいるんです」

「どうして、アメリカに？」

「堀みゆきが死んだ直後に、もっと、勉強したいといって、アメリカに留学してしまったんです。帰国するのは、来年だそうです」

「何となく、臭いな」

と、十津川は、いった。

「怪しいです。深見が、唐木に、筋肉弛緩剤を渡し、それを使って、唐木が、堀みゆきを、殺した。そのことで、調べられるのがいやで、深見はアメリカに、逃げてしまった。そういう推理も、成立します」

「当時の深見の経済状態を調べてくれ。もし、苦しかったら、それが、動機になる」

と、十津川は、いった。

その夜遅く、十津川の携帯電話が、鳴った。

堀からだった。

「捜査は、進んでいるか？」

と、堀は、いきなり、きいた。

「亀井刑事は、無事か？」

「ああ、生きてるよ。それより、娘を殺した犯人は、見つかったのか？」

「捜査は、進めている」

「まだるっこしいな。犯人は、唐木治なんだよ。あんたたちは、彼が、みゆきを殺した証拠を見つけてくれればいいんだ。そんなことも、できないのか？」

「いいか。われわれは、全力をあげて、捜査しているが、君のように、ひとりの人間を初めから、犯人と決めつけるような捜査はしないんだ」

「奴が、犯人なんだよ。奴は、自分が政界で、偉くなりたくて、邪魔になるみゆきを殺したんだ」

「その証拠はあるのかね？」

「それを見つけてくれと、いってるんじゃないか。早くしないと、亀井刑事は、死ぬぞ！」

堀が、いら立っていると、わかった。

「落ち着けよ。君が、亀井刑事を殺したら、君は殺人犯になるんだ」

「そのくらいの覚悟は、できてるんだ」

「そんなことをいってるんじゃない。君と、死んだ娘さんとは、親ひとり、子ひとりなんだろう。もし、君が刑務所に入ったら、誰が、娘さんのお墓を守るのか、私は、それをいってるんだよ」

と、十津川は、いった。

「よけいな心配だ。そっちは、さっさと、唐木治を逮捕しろ！」

と、叫んで、堀は、電話を切ってしまった。

7

時間が、どんどん、なくなっていく。

しかし、だからといって、見こみだけで、唐木治を、逮捕することなど、とてもできる話ではなかった。

十津川は、中央新聞にいる友人の田島《たじま》に会った。

「君の新聞社は、確か、ニューヨークに、支局があったな?」

と、きいた。

「あるが、それが、どうしたんだ?」

「ニューヨークに、NAUという動物医療の大学があるんだ。そこに、深見吾郎という日本人が、留学している」

「それで?」

「その深見に取材してもらいたいんだ」

「何を取材すれば、いいんだ?」

「一年前、堀みゆきという女が、自宅のマンションで死んだ。その時は、自殺と断定したが、一年たった今、また、この事件を捜査している」

「どうして？」

「その理由は、いえないんだ。堀みゆきだが、筋肉弛緩剤を注射された疑いが、出てきたんだよ。それで、ある男を疑っているんだが、問題は、その筋肉弛緩剤を、どうやって、手に入れたかだ。その男には、深見という獣医の友人がいた。この深見は、動物を安楽死させるのに、筋肉弛緩剤を、使っているんだ」

「なるほど」

「堀みゆきが、死んだ直後に、なぜか、深見は、もう一度、勉強したいといって、アメリカへ渡ってしまったんだ」

「それが、ニューヨークのＮＡＵというわけか」

「そうなんだ」

「わかった。向こうにいる特派員に電話してみよう。頼んだら、その深見という男に、当たってくれると思うよ」

と、田島は、いってくれた。

深見の一年前の経済状態については、三田村と早苗の二人が、調べてきた。

「深見動物病院ですが、景気がよいように見えていましたが、一千万円くらいの借金が、あったようです」

と、三田村が、いった。

「亡くなった父親が、作った借金だそうです」

と、早苗が、つけ加えた。

「それで、その借金は、どうなってるんだ？」

十津川が、きいた。

「それを、綺麗に支払ってから、深見は、アメリカへいってるんです」

と、三田村が、いった。

「その金の出所は？」

「わかりません」

と、三田村と、早苗が、いった。

また少し、状況証拠が、クロくなってきたと、十津川は、思った。

田島のほうからは、すぐには、答えは、こなかった。何しろ、相手は、ニューヨークにいるのだ。

田島から、電話がかかったのは、四日目だった。

「ニューヨークの加納《かのう》という特派員が、NAU大学にいって、深見吾郎に会ったそうだ」

「それで、きいてくれたのか？」

「ああ。堀みゆきという名前を出して、きいたそうだ」

「それで、深見は、どういったんだ？」

「蒼い顔になったそうだ。それで、今は、答えられない。あと一日、待ってほしい。明日になったら、何もかも、正直に話すと、いったそうだ。それで、加納特派員は明日、もう一度、深見に会いにいくと、いっていた」

「明日の何時だ？」

「日本時間の午前九時だ。どうして、時間を、気にするんだ？　何か、切迫しているのか？」

「いや。とにかく、明日、すぐ、しらせてくれ」

と、十津川は、いった。

彼の机の上に置かれた例の時計は「あと一日と十時間五分」となっていた。

翌日午前十時。

田島から、電話が、入った。

「今、ニューヨークの加納から電話が入った」

「それで？」

「深見吾郎が、逃げた」

「逃げた？」

「ただ、申しわけありませんという、置手紙があったそうだ」

「申しわけありません――？」

「申しわけありません、わけがあって、証言できません。それが全文だ。今、その置手紙が、ニューヨークから、FAXで、送られてきている。君のほうに、送るよ」

と、田島は、いった。

三十分後に、部屋のFAXが鳴って、その置手紙が送られてきた。

〈加納様
申しわけありません。わけがあって、証言できません。

深見〉

十津川は、また、机の上の時計に目をやる。

あと0日6時間49分

十津川は、本多一課長に会って、

「唐木治の逮捕令状を請求して下さい」

と、いった。

「彼が、犯人に間違いないのか？」

「間違いありません」

「証拠は？」

「すべてが、クロです」

「状況証拠だけじゃないのか？」

「時間がないんです」

と、十津川は、いった。

「だからといって、状況証拠だけで、逮捕は、できないぞ。相手は、国会議員なんだ」

「お願いします。間違っていれば、私が、責任を取ります」

「あと何時間だ？」

「あと、六時間です」

「六時間だと、令状は、おりないかもしれんぞ」

「とにかく、お願いします。私は、これから、唐木に会ってきます」

と、十津川は、いった。

「早まったことをするなよ」

と、本多が、いう。

十津川は、西本と日下の二人を連れて、議員会館に向かった。

受付で、警察手帳を示し、唐木代議士への面会を求めると、受付の男は、なぜか笑って、

「どうしたんですか、今日は」

と、きく。

「何のことです？」

「ついさっき、本庁の刑事さんが、唐木代議士に、面会に見えたんです。警察手帳を示して、亀井刑事だと、いわれました」

「堀だ！」

と、十津川は、叫んだ。

亀井刑事の警察手帳は、彼を、誘拐、監禁している堀が、持っているはずなのだ。

三人の刑事は、唐木の部屋に向かって、走り出した。

彼の部屋の前まできたとき、突然、なかから、激しい銃声が、きこえた。

一瞬、十津川は、声をあげそうになる。それから、ドアに向かって、突進した。

鍵のおりたドアが、ひん曲った。さらに突っこんで、ドアを開け、三人が、飛びこんだ。

入口のところに、唐木の妻が、気を失って、倒れていた。

さらに、奥の部屋へ突進する。

唐木が、猟銃を手に、呆然と、立っていた。

その前の床には、堀が、血に染まって、倒れている。傍《かたわ》らにナイフが、落ちていた。

「こいつが、僕を、殺そうとしたんだ！」

と、唐木が、声を震わせた。

「だから、撃ったんですか？」

「正当防衛だ！」

唐木が、叫ぶ。

その間に、西本が、堀の傍に屈《かが》みこんだ。

「亀井刑事は、どこだ？」

と、きいた。

「伊豆高原——」

堀が、小さい声でいう。

「伊豆高原のどこだ？」

西本が、さらにきいた。が、返事はなかった。

「すぐ、救急車を呼べ！」

と、十津川は、日下にいい、それから、西本に、

「下田にいる田中と、片山の二人に、連絡するんだ。伊豆高原には、別荘が多い。たぶん、その一つに、カメさんは、監禁されているんだと思う」

と、いった。

十津川は、もう一度、唐木に目を向け、その手から、猟銃を奪い取った。

「あなたを、緊急逮捕します」

「これは、正当防衛なんだ。猟銃の許可だって取っている。不法逮捕だ！」

唐木が、大声で、わめいた。

「それは、警視庁に着いてから、いって下さい。同行して下さい。それとも、手錠をかけますか？」

と、十津川は、いった。

救急車が、駆けつけて、堀を、運んでいった。が、たぶん、助からないだろう。

十津川たちは、唐木治を、連行した。

十津川は、じっと、伊豆にいる田中と、片山の二人の刑事からの連絡を待った。

彼の机の上の時計は、あと、一時間六分を、指していた。

「カメさんは、まだ、生きているんでしょうか？」

と、西本が、蒼い顔で、きく。

「あと、一時間あるんだ。時間前に、堀が、殺すとは、考えられない」

と、十津川は、いった。

「しかし、堀は、われわれの捜査が、待ち切れなくなって、唐木のところに、ナイフを持って、押しかけたんですよ」

と、日下が、いう。

「だろうな」

「それなら、カメさんを、殺してから、いったんじゃありませんか？」

「悪くばかり、考えるな。堀の目的は、カメさんを殺すためじゃなくて、娘を殺した犯人を、見つけることなんだ」

と、十津川は、いった。

だから、亀井は、生きているはずだと、十津川は、自分に、いいきかせた。

本多一課長は、十津川に向かって、

「堀みゆき殺しでは、唐木の逮捕令状は、おりそうもないよ」

と、いった。

「状況証拠だけでは、無理だそうだ」

「もっと、証拠を集めます。その間、唐木は、堀を殺した容疑で、留置します」

と、十津川は、いった。

「しかし、唐木は、正当防衛を主張している。堀がナイフを持って、議員会館の唐木の部屋に乗りこんだのは事実なんだ。殺人容疑は、難しいぞ」

本多が、いった。

「それなら、過剰防衛でも構いません。とにかく、奴を、留置しておきたいんです」

と、十津川は、いった。

救急車で、病院に運ばれた堀だが、病院に着いた時には、すでに、死亡していた。

ナイフには、堀の指紋がついていたし、唐木の妻も、堀に、後頭部を殴られて、気を失ったことが、わかった。

これでは、唐木を、堀真次郎殺しで逮捕することは、難しいだろう。

悪いしらせばかりではなかった。

深夜になって、田中と、片山の二人から、電話が、入った。

「伊豆高原の別荘の一軒で、地下室に、亀井刑事が、監禁されているのを発見しました。衰弱が、激しいので、病院に運びました」

と、田中が、いった。

「命に別状はないんだな？」

十津川は、念を押した。

「大丈夫です。意識も、はっきりしています」

と、片山が、いった。

十津川は、ついさっきまでの不安と、怯えが、消えていくのを感じた。

それから二日が、たった。

唐木の弁護士が、即刻、彼を、釈放するように、要求してきた。

「死んだ堀真次郎は、勝手に、娘のみゆきを殺したのは、唐木代議士と決めつけ、ナイフを持ち、殺害の目的で、議員会館に侵入したものである。唐木代議士は、身を守るため、たまたま、そこにあった猟銃で、撃ったもので、明瞭な正当防衛である。しかも、猟銃所持の許可書も所持しており、唐木代議士に過《あやま》ちは、まったくない」

と、いうのが、弁護士の主張だった。

予想された主張だった。

それに対して、過剰防衛の一点張りで、押し通した。

三日目の朝、十津川の待っていたしらせがあった。

田島からの電話である。

「今、ニューヨークの加納特派員から、電話があった。例の深見が、加納に、連絡してきたというんだ」

「何だといってきたんだ？」

「日本で、唐木が、人を殺して逮捕されたのをしった。それで、何もかも、話すことにしたと、いうんだ。一年前、深見は、唐木から、一千万円を受け取って、筋肉弛緩剤と、注射器を渡したそうだ。そのあと、唐木から、しばらく、ニューヨークにいって、勉強でもしていてくれと、いわれ、二年間の予定で、ニューヨークのNAUに、留学したといっている」

「助かったよ」

と、十津川は、礼を、いった。

「唐木が、一年前に、女を殺したのか？」

「そうだ」

と、十津川は、うなずいた。

十津川は、本多一課長に、ニューヨークでの深見吾郎の自供を話した。

「自供を、文書にして、送ってくるそうです」

「それなら、逮捕令状が、出るだろう」

と、本多は、いった。

「そうでなければ、困ります」

と、十津川は、いった。

さらに二日後、十津川は、退院する亀井を、伊豆高原にある病院に、迎えにいった。

亀井は、やや、蒼い顔だったが、元気だった。

「これを渡そうと思ってね」

と、十津川は、亀井の警察手帳を、渡した。

「それで、唐木は、どうなったんですか？」

「堀みゆき殺しで、逮捕令状が出たよ」

「よかった」

と、亀井は、微笑した。

「みんなが、カメさんを待ってたんだ」

「連中には、久しぶりに、会うような気がしますよ」

と、亀井は、いってから、

「東京に帰る前に、どうしても、寄りたいところがあるんですが」

「どこだ？　お供するよ」

「堀みゆきの墓が、下田蓮台寺の近くにあるはずなんです。父親の堀も、同じ寺に、埋葬されたはずです。一度、二人の墓に、花を供《そな》えたいと思っているんですよ」

と、亀井は、いった。

南紀　夏の終わりの殺人

1

台風15号が駆け足で、紀伊《きい》半島を斜めに駆け抜けると、白浜《しらはま》の海岸から急速に、夏の季節が姿を消していった。

今年の夏の夏のために砂を入れた海岸も、人影がまばらになり、子供たちの歓声も、きこえなくなった。子供たちの夏休みも終わったのだ。

まだ、日中の照り返しは強烈で、ぎらつく海面を見ていると夏と錯覚するのだが、陽《ひ》が落ちると気温が下がり、海から吹いてくる風は涼しく、いやでも秋がきたことを人々に悟らせる。

静けさを取り戻した白浜に、夏の観光客とは違った人々が、その数は少ないが、やってくる。

静かな海が好きな人間、釣り好きの人間、温泉の好きな人間と、さまざまな人々だが、そのなかに、ひとり、まったく別な目的で、白浜にやってきた男がいた。

九月十一日。

南紀《なんき》白浜空港に、一一時四〇分、東京からのＹＳ11機が到着した。それに乗ってきた男である。

名前は、橋本豊《はしもとゆたか》。三十歳になったところである。警視庁捜査一課の元刑事だったが、不祥事を起こして退職し、現在、東京で私立探偵をやっている。ひとりだけの探偵社である。

昨日、二十七、八歳の女性が、調査依頼に訪れた。名前は、緒方美矢子《おがたみやこ》と名乗った。

独身でＯＬの妹が、九月五日に休暇をとって、最後の夏を楽しみに南紀白浜に出かけたが、帰京するはずの八日になっても、帰ってこない。心配しているうちに、十日になって、台風15号が南紀を襲った。

ニュースでは、この台風による死者はゼロだということだが、それでも不安は消えない。とにかく、どうしたのか調べてほしいというものだった。

妹の名前は、井辺由美《いべゆみ》。姓が違うのは、もちろん姉の美矢子が、結婚しているからだった。

「私が、白浜にいって探したいんですけど、主人は心臓を悪くして入院していて、東京を離れられないんです」

と、美矢子はいった。

二人だけの姉妹だともいった。

妹の由美の最近の写真を渡された。姉妹なので、さすがに、依頼主によく似ている。妹の由美のほうが、いくらか、派手な感じといったところだろうか。髪も、由美は短くしていて、若々しい。

「白浜では、どこのホテルに泊まっていたんですか？」

と、橋本はきいてみた。

白良浜《しららはま》という海水浴場の近くにあるホテルSだという。

「でも、もう、そこにはいませんわ。九月七日には、チェックアウトしたと、ホテルの人はいっていましたから」

「それでも、まず、そこから当たってみます」

と、橋本はいって、東京を出てきたのだ。

南紀白浜空港は、滑走路が短いので、プロペラ機のYS11機しか使用できない。東京から、二時間近くかかったし、台風の余波で飛行機は揺れた。

南紀では、どこをどう探さなければならなくなるかわからないので、空港近くで、レンタカーを借り、地図を頼りにホテルSに向かった。

道路には、台風が叩き落としていった樹々の葉が散乱している。それを踏んで車を走らせながら、橋本は、夏の終わりを感じていた。

白浜は初めてだが、橋本は、何回か訪れた湘南《しようなん》の海でも、伊豆《いず》の海でも、夏の終わりはひどく寂しい。どこも同じだなと思った。

ゆるい坂道をおりて海岸へくると、その寂しさは一層強いものになった。海上には、まだ、何人かサーフィンをしている若者もいたが、それがかえって、消えていく夏を必死で食い止めようとしているように思えたりした。

ホテルSは、海に突き出すようにして建てられていた。つい一週間か二週間前には、客で一杯だったに違いないロビーも、今は閑散としていた。

橋本はフロントで、井辺由美の名前をいい、顔写真も見せた。

若いフロント係は、宿泊者のカードを調べていたが、

「確かに九月五日においでになりました。チェックアウトなさったのは、七日の午前十時になっています」

といった。

「彼女、ひとりできたんですか？」

「はい。おひとりでした」

「夏のシーズンに、若い女性がひとりでやってくるというのは、珍しいんじゃないんですか?」

と、橋本がきくと、フロント係は当惑した表情になって、

「確かに、珍しいですが、もう九月に入っていて、お客様も、だんだん、少なくなり始めていましたので、喜んでお泊めしました」

「彼女は毎日、何をしていました?」

「私どものプールで泳がれたり、散歩にお出かけになったりしていましたね」

「楽しそうでしたか?」

と橋本がきくと、フロント係は、また当惑した顔をした。

「それが、時々、浮かない表情をなさっているので、実は心配していたんですよ。この近くに、自殺者が出る三段壁《さんだんぺき》という名所がありますのでね。でも予定の七日にはチェックアウトなさいましたし、その後、若い女性が自殺したということもきいておりませんので、ほっとしています」

「寂しそうにしていた理由をききましたか?」

「私はしりません。おききするのは、失礼に当たりますから」

「ルームサービス係の女性なら、きいているかもしれませんね?」

「さあ、どうでしょうか」

「会わせてもらえませんか？」

と橋本が頼むと、フロント係は井辺由美の部屋を担当したというルームサービス係の女性を呼んでくれた。

四十歳くらいで、白浜の生まれだという彼女は、橋本の質問に対して、最初は遠慮がちに喋っていたが、話好きとみえて、次第に膝を乗り出す格好になって、

「私も、心配ですのでねえ。お客さんに、ふさいでいる理由《わけ》をおききしましたよ。私は、学問はありませんけど、いろいろなお客さんに接してきているので、何か相談にのれればと思いましてねえ」

「彼女は、何といいました？」

「あの方は、何でも東京の大会社に勤めるＯＬさんなんですって。ディスコで知り合った同じ年齢《とし》の男とつき合っていたんだけど、理由があって、わかれなければならなくなった。だから、白浜へきたのは、センチ――何とか」

「センチメンタルジャーニー？」

「それ。それだって、おっしゃってましたよ」

「あなたは、何といってあげたんですか？」

と、橋本はきいた。

「そんな失恋の一度や二度で、くじけなさんなっていってあげましたよ。私なんか、今の主人と一緒になる前に、何回、悲しい思いをしたか。それでも、ちゃんと、幸福になってるんですよって」

「彼女はそれをきいて、何といっていました?」

「ありがとうって、いってましたけどねえ。好きな男性とわかれて、すぐみたいだったから、なかなか気が晴れないんだと思いましたわ」

「七日まで、彼女はここに泊まっていたんでしたね?」

「はい」

「まっすぐ、東京に帰るといっていましたか?」

「私には、そういってましたけどねえ」

と、ルームサービス係は首をかしげて見せた。橋本はそれが引っかかって、

「けどねえ――というのは、どういうことなの?」

ときいた。

「私は心配だったから、まっすぐ東京へお帰りなさいっていったんです。そうしたら、うなずいてくれたんですけどねえ。そのあとで、小さな溜息をついてるん

ですよね。わかれた恋人のいる東京には、帰りたくないみたいな感じに私には思えて、心配だったんですけどねえ。東京に帰っていないいんですか？」

今度は、彼女のほうが橋本にきいた。

「たぶん、七日にチェックアウトしてから、すぐ東京には帰る気になれず、どこかへ回ったんじゃないかと思っているんですよ。白浜周辺で、若い女性がいきそうな場所はどんなところですか？」

「そうですねえ」

と相手はちょっと考えていたが、

「奈良《なら》、京都《きょうと》へいく人もいるし、逆の方向で、伊勢《いせ》、志摩《しま》に寄る人もいますしねえ」

「なるほど」

と、橋本はその地名を手帳にメモしてから、

「この白浜では、どこへいくんだろう？」

「いろいろありますよ。アドベンチャーワールド、ハマブランカ、海中展望塔、千畳敷《せんじょうじき》、三段壁、本覚寺《ほんかくじ》、金閣寺《きんかくじ》、円月島《えんげつとう》——」

と、並べてから、

「でも、あのお客さんは五日にきて、七日までいらっしゃったんだから、その間にもう見て回ったかもしれませんよ」

「一応、調べてみたいんです」

と、橋本はいった。

2

失意の若い娘がどんな行動をとるのか、橋本にはわからない。

橋本にわかっているのは、彼女がまだ東京に帰っていないということだけである。九月七日に、白浜のホテルSをチェックアウトしているのだから、そのあとどこかへ回っているのだ。

橋本はレンタカーで、教えられた白浜の観光地を回ってみることにした。地図を見て順番を決め、まず、海中展望塔に向かった。これは〈シーモア〉というホテルの所有物だが、泊まり客でなくても見ることができる。

橋本は百メートル沖合に作られた展望塔に向かって、突き出した桟橋を歩いていった。夏の盛りは、家族連れがぞろぞろ歩いていたに違いないが、今は橋本だけである。

展望塔に着くと、階段を八メートルの深さまでおりていく。若いカップルの先客が、一組だけいて、肩を寄せ合うようにして丸窓から海中の魚の群れを眺めていた。

橋本は係員に、井辺由美の写真を見せて、見覚えがないかきいてみた。たくさんの客のなかから、たったひとりの客の顔を覚えていることなど期待できなかったが、若い男の係員は、

「この人なら、覚えていますよ」

と、いった。

橋本のほうが、逆にびっくりして、

「なぜ、覚えているの？」

と、きいてしまった。

「この人、途中で気分が悪くなってしまって、手当てをしたからですよ」

「気分が悪くなった？」

「ええ。しゃがみこんで動かずにいるんで、心配して声をかけたんですよ。そうしたら、気分が悪いというので、椅子に座ってもらい、ホテルから、ぶどう酒を

持ってきて飲ませました。そうしたら、治ったといって、お礼をいって、お帰りになったんです」

「それは、いつのことですか？」

「確か、七日でしたよ。七日のお昼少し前です」

と、係員は、はっきりといった。

どうやら、ホテルをチェックアウトしてから、すぐここへきたらしい。

「そのあと、彼女は、どこへいったかわかりませんか？」

「わかりませんが、海のよく見える場所へいったんだと思います」

と、係員はいった。

「なぜ、そう思うんですか？」

「お礼をいって帰られる時、海のよく見える場所を教えてほしいといわれましたからね」

係員はにこにこ笑いながらいう。

「それで、どこを教えたんですか？」

「山の上なら、よく見えますよといったら、海の近くでというので、千畳敷と三段壁を教えました。その時、三段壁は自殺者が出るので、妙な気を起こさないで下さいよと、笑いながら注意しました」

「彼女はその時、何といいました？」

「黙っていましたね。そんなことぐらい、わかっているという感じに、僕は受け取ったんですが——」

係員が語尾を濁してしまったのは、あまり、自信がなかったのだろう。

橋本は、レンタカーを飛ばして、千畳敷へいってみた。

海岸近くを走る道路をいく。大きな駐車場に着いた。一台、ワゴン車が駐っていた。

目の前に、白っぽい、平らな岩盤が広がっていた。岩盤は、幾重《いくえ》にも重なって、海に向かって広がっているのだ。

その向こうは、コバルトブルーの海である。

岩盤の先端のほうで、二人の男が釣りをしていた。ワゴン車の人たちらしい。

橋本は、岩盤の上を歩いて、海に近づいていった。

壮大で、美しい眺めだった。海水浴場は、夏の盛りをすぎて寂しい感じがするが、ここは逆に、自然が戻ってきた感じだった。

（七日に、井辺由美は、ここへきたのだろうか？）

と、橋本は考えた。

もし、きたとすれば、どんな気持ちで海を眺めていただろうか?

橋本は駐車場に戻り、そこにいた管理人に声をかけた。

「今日はすいていますが、七日はどうでした?」

「七日というと、台風15号がくる前だね?」

と小柄な管理人は、陽焼けした顔でいった。

「そうです」

「あの台風で、がたっと、お客が減ったからねえ。七日は何台も車がきていたはずだよ」

「車できたかどうかは、わからないんだが、七日にこの女性を見なかったですか?」

と、橋本は、井辺由美の写真を見せ、ホテルSできいた彼女の服装を話した。

「その人かどうかしらないが、似たような女は、見たよ」

と、管理人はいった。

「本当ですか?」

「ああ。千畳敷のあのあたりだったかな」

と、管理人は、一角《いっかく》を指さして、

「若い女が、しゃがみこんで、じっとしていたんだ。その格好が、何となく気になってね。いって、声をかけてみたんだ。海に近いところに、しゃがみこんでいるので、心配でもあったんだよ。まさかとは思ったが、飛びこまれでもしたら、大変だしね」

「それで、彼女は、この写真の女でしたか？」

「よく似てるよ」

と、管理人はいう。

「それで、その女は、あなたに何といいました？」

「海を見ていたら、気分が悪くなったんだと、いったよ。確かに、蒼い顔をしてたね。救急車を呼ぼうかといったら、慌てて、逃げていった」

と、管理人はいった。

「彼女と話をしたのは、それだけですか？」

「ああ。変な女だなって、思ってね」

「彼女は、どっちのほうへいきました？」

「三段壁へいったんじゃないかと思う」

と、管理人はいった。

「なぜ、そう思うんですか？　追《つ》けたんですか？」

橋本がきくと、管理人は怒ったような顔になって、

「俺が、そんなことをすると思っているのかね？」

「しかし、ここから三段壁は見えないでしょう？　距離にして七、八百メートルは、あるんじゃありませんか？」

「実はね。あの女が逃げていってから、急に心配になったんだよ。この先に、例の三段壁があって、あそこで自殺する人間がいるからねえ。それで、俺はタクさんにいっておいて、道路まで走っていったんだ」

「タクさん？」

「一緒に、駐車場の管理をやってる仲間だよ」

「なるほど。それで？」

「バス停までいったら、ちょうど反対方向の白良浜のほうへいくバスが出るところだったが、あの女はいなかった。だから、たぶん、逆の三段壁へいくバスに、もう乗ってしまったのか、歩いていったのか、どちらかだと思ったのさ。心配だったが、俺だってここを離れるわけにはいかないから、三段壁へいくのは、やめ

たんだ」

管理人は、相変わらず怒ったような声でいう。

「どうも」

と、橋本が頭をさげて歩き出すと、管理人は、

「あの女が、どうかしたのかね？」

「それを調べてるんです」

と、橋本はいった。

3

橋本は三段壁に向かって歩き出した。

三十分ほど歩くと〈三段壁〉の表示板が見えた。その表示板にしたがって、右に折れると、土産物店があった。客もいないとみえて、店の人間は奥に引っこんでしまっていた。人の姿は見えない。

三段壁は有名な景勝の地だが、次の秋のシーズンまで、客も少ないのだろう。

橋本は、土産物店をちょっと覗いてから、三段壁の断崖に向かって歩いていっ

た。

延々と続く、深い断崖だった。
五、六十メートルの高さがあるだろう。
目がくらむ高さである。

はるか下に、岩壁が見え、波しぶきが当たっているのが、見えた。

断崖の上には、鉄筋のレストハウスが建てられていたが、今日はドアは閉まっていた。レストハウスの脇には、観音像が建てられている。この三段壁で、自殺した人々の霊を弔うためのものらしかった。

（井辺由美は、ここへきたのだろうか？）

と橋本は、海に目をやった。

真っ赤な夕陽が、海に沈もうとしていた。

もし九月七日に、彼女がここへきたとすると、それは何のためだったろう？景色を楽しむため、だったろうか？　それとも自殺する場所を探して、だろうか？

橋本は、さっきの土産物店に、引き返した。

奥に向かって、大声で何度か呼ぶと、やっと、六十歳くらいの女が顔を出した。

「何を差しあげましょうか？」

ときくので、橋本は取りあえず近くにあったイカの塩辛を、ひと瓶買ってから、

「九月七日に、この女性を見かけませんでしたか？」

と、井辺由美の写真を見せた。

女は、店の電灯の下で、写真をじっと見ていたが、奥にいる亭主を呼んだ。

二人で、また写真を見ている。橋本はじっと待った。

二人は、小声で何か喋り合っていたが、亭主のほうが、

「あの女《ひと》かもしれないな」

と、ひとりでうなずき、女も、

「そうですよ。あの女ですよ」

といった。

「その女性のことを話してくれませんか」

と、橋本は頼んだ。

「確かに、七日だったよ。もう少し暗くなっていたと思うね。もう客もないと思

って、そろそろ店を閉めようとしたら、向こうの岩の上に、人が立っているのが見えた」

「そうなんですよ。何だか飛びこみそうな気がして、この人と慌てて連れてきましたよ。手を引っ張るようにして」

と、女がいった。

「それで、どうしたんですか？」

と、橋本はきいた。

「とにかく、身投げされたら大変だと思って、家にあげてお茶とお菓子を出したりして、いろいろとお喋りをしましたよ」

と、女がいった。

「どんなお喋りですか？」

「まあ、いろいろと、話したよ」

と、亭主が大きな声でいった。

それに、女がつけ加えて、

「身投げする気だったんでしょうとはきけないから、世間話をしましたよ。最初は何をきいても黙ってたけど、そのうちに、ぽつりぽつり、話してくれましてね。東京からきたんだとか、失恋したんだとか、ね」

「名前は、いいましたか？」

「いや、名前はいわなかったが、確かにこの写真の女に、そっくりだったな」

と、亭主がいった。

「それで、結局、彼女はどうしたんですか？」

と、橋本はきいた。

「わしらがバス停まで連れていって、白浜駅へいくバスに乗せたよ。東京行の飛行機は、もうなかったが、何とか列車で東京に帰れるだろう。それなら早く帰れるといってね」

と、亭主はいった。

白浜から東京に列車で帰るには、名古屋《なごや》へ出るルートと、大阪《おおさか》へ出てから、東京へのルートと、二つある。

時間的には、大阪経由のほうが早そうである。

橋本はホテルSに戻り、それを計算してみた。

三段壁から、バスで白浜駅まで、二十五分。

白浜駅に午後六時に着けば、一八時一〇分発のエル特急「くろしお94号」に乗ることができる。

この列車は、終着天王寺《てんのうじ》に二〇時一八分に着く。天王寺から、新大阪駅までは、三十分から四十五分あれば、楽に着けるだろう。

そして、東京行の新幹線「ひかり」の最終が新大阪を出るのは、二一時〇〇分だから、間に合うのだ。

橋本は、依頼主の美矢子に電話をかけた。

彼は今までに調べたことを、美矢子に報告した。

「もし、三段壁の土産物店の夫婦のいうことをきいたとすれば、七日の二一時新大阪発の新幹線に、乗ったはずなのです」

「でも妹は、東京に帰っていませんわ」

と、美矢子がいった。

「だとすれば、妹さんは土産物店の夫婦の忠告をきかなかったことになりますね」

「きかなかったとすると、どういうことになりますの？」

「東京に帰らず、白浜に残ったか、ほかへいったか」

「そのどちらでも、なぜ、私に連絡してこないんでしょう？」

「連絡できない状況なんだと思いますよ」

「そんな状況なんて、考えられませんわ。まさか妹は――」

急に、美矢子の声が甲高くなった。

橋本は慌てて、

「大丈夫ですよ。七日から今日までの間、妹さんとみられる遺体が、見つかったというニュースはありませんからね」

「じゃあ、今、妹はどこに？」

「妹さんは恋人とわかれて、傷心の旅で、白浜へいったと思われるんですが、相手の男性の名前は、わかりませんか？」

と、橋本はきいた。

「妹とは、電話でよく話していましたけど、その時、確か、ディスコで知り合った青年とつき合っているということは、ききましたけど、彼の名前はしりませんわ」

と、美矢子はいった。

「そうですか。明日、また、白浜周辺を調べてみます。その結果は、いつ報告したらいいですか？」

「これから、主人の入院している病院にいかなければなりません。夜も主人の傍にいてやりたいので」

と、美矢子はいった。

「病院は、どこにあるんですか？」

「西伊豆の戸田《へだ》にある病院ですわ」

「ずいぶん、遠いところにある病院ですね」

「ええ。どうしても、主人が、その病院がいいというので、仕方なくですわ。ですから、明日は私のほうから、電話しますわ」

と、美矢子はいった。

4

翌十二日。橋本は朝食をすませたあと、白浜警察署に足を運んだ。

彼は受付で、正直に、井辺由美のことを話し、写真も見せた。

「九月五日から七日まで、ホテルSに泊まり、七日の午前十時頃、チェックアウトしたことはわかっています。しかし、その後の消息が、まったく摑めません」

と橋本がいうと、原田という相手の警官は、

「自殺でもしたんじゃないかと思っているんですか？」

「その不安を、家族は抱いているんですよ。それに、少しだけわかった井辺由美の行動を見ても、不安定で自殺の恐れは充分にあると感じました。それで、七日から今までに白浜周辺で死んだ人間がいたら、調べてくれませんかね」

と、橋本はいった。

原田巡査は、七日から今日十二日までの自殺、事故死のリストを見せてくれた。

白浜警察署の管内で、六日間の間に亡くなった人間は、五名になっていた。五名全部が地元の人間ではなく、観光客である。

台風15号が近づいている海で、警告を無視して泳いでいた東京の青年二人が、水死体で発見されたのが、十一日の朝だった。二人とも、同じ会社の同僚である。

残りの三人は、三十代の夫婦に五歳になる子供で、これは、交通事故だった。八日に、大阪に帰るために車を運転していて、トラックと正面衝突し、三人とも死亡している。大型トラックを運転していた二十歳の男を逮捕したが、どうやら

双方の前方不注意のようだという。

「これだけですね。井辺由美さんという女性は、入っていませんね」

と、原田はいった。

「台風がくる直前に投身自殺したとしてですが、その後、台風で海が荒れ、死体が沖へ流されてしまったということも、考えられますか？」

と、橋本はきいた。そんな事態は考えたくはないが、念のためである。あらゆるケースを考えなくてはならない。

「そういう場合も、考えられなくはありませんね」

と、原田巡査もうなずいた。

「白浜周辺で、傷心の若い女性が逃げこむような場所は、ありませんか？」

橋本がきくと、原田は当惑した表情を見せた。

「どういうことですか？」

「例えば、お寺なんかで一週間とか二週間とか、気持ちを落ち着かせるために、籠っても構わないというようなところですが」

と、橋本はいった。

「そうですねえ」

と原田は考えていたが、

「修行するなら、高野山《こうやさん》でしょうね。私なんかも修行はしませんが、気持ちを綺麗にしようと思って、高野山へ登ることがありますよ」

「若い女性がいきますか？」

「女性なら、同じ高野山の慈尊院《じそんいん》じゃないですかね。昔は、高野山は女人禁制でしたが、この慈尊院は入れたので、女人高野《にょにんこうや》と呼ばれています。ここも、いいところですよ」

と、原田はいった。

高野山は弘法《こうぼう》大師が開いたものだが、この慈尊院は、大師の母が住んだところだという。

橋本が、関心を持ったのは、高野山へいく途中に、龍神《りゅうじん》温泉という秘湯があることだった。最近は若い女性の間でも温泉に人気があるから、案外、高野山を訪ねたあと、この温泉に泊まっているかもしれない。

橋本は、レンタカーを飛ばして、高野山を訪ねることにした。

5

同じ頃、東京の四谷《よつや》三丁目、シャトウ・四谷の五〇二号室で、警視庁捜査一課の十津川警部は、ベッドの上に横たわる死体を見つめていた。

四谷三丁目と、JR信濃町《しなのまち》駅の中間ほどの場所に建つマンションである。

死体は、二十五歳の若い男だった。

名前は五島啓介《ごとうけいすけ》。旅好きの独身サラリーマンである。

1LDKの部屋の六畳が寝室になっている。

五島は、パジャマ姿だった。後頭部を殴られ、背中を刺されていた。たぶん、いきなり後頭部を殴られ、気を失って倒れたあと、犯人は背中を刺したのだろう。

殴った凶器はすぐわかった。床に、部厚いクリスタルガラスの灰皿が転がっていて、それに、血がこびりついていたからである。

背中を刺した凶器は、現場から見つからなかった。

クーラーがオフになっていたので、残暑のためか、すでに腐敗が始まっている。

「少なくとも、死後四日はたっているね」

と、坂口検視官は十津川にいった。

「すると、九月八日かね？　殺されたのは」

「だと思うよ。これが、老人の死体だったら、新聞は都会の孤独と書き立てるだろうね」

「同じようなものさ。隣室の人間も、管理人も、被害者が死んだことに気づいていなかった。会社の上司が、無断で休んでいるのに腹を立て、調べにきて、死体を発見してるんだ」

と、十津川はいった。

その上司、管理係長の新谷卓《しんたにたく》の証言によれば、被害者、五島啓介は、九月六日から八日まで休暇をとっていた。

「その後も会社に出てこないので、何をしてるのかと腹が立ちましてね。それで、今日きてみたら、殺されていたというわけです」

「八日まで休みをとっていたのなら、九日から無断欠勤だったんでしょう？」

「そうです」

「それなのに、なぜ今日まで待っていたんですか？」

と、十津川はきいた。

新谷は苦笑して、

「彼は旅行にいくといって、休みをとったんです。どこへいったかは、しりません。ただ、台風15号がやってきたので、そのあとで帰れなくなっているんじゃないかと考えましてね。電話をしても彼が出ないので、そう思ったんですよ。それで、今日まで、待っていたんです」

「本当に、行き先はいわなかったんですか？」

と、亀井刑事がきいた。

「ええ。まさか、休暇願を出したとき、いちいちどこへいくんだときけませんからねえ」

と、新谷係長はいった。

「どんな青年ですか？」

と、十津川はきいた。

「普通の青年ですよ。格別、仕事熱心ということもありませんが、決められたことは、ちゃんとやります。現代ふうで、生活を楽しむというんでしょうね。彼の楽しみは旅行だったから、有給休暇を利用して、よく出かけていました」

「恋人はいましたか?」

「さあ。どうですかね。ひとりで旅行するのが好きだといっていたから、特定の恋人はいなかったんじゃありませんかね」

と、新谷はいった。

「他人に、憎まれるといったことは?」

と、十津川がきくと、新谷は、

「そんなことは、なかったと思いますよ」

と、言下にいった。

「なぜですか?」

「忘年会なんかの時も、世話役を買って出るくらいで、むしろ、好かれていたと思いますからねえ」

「世話好きということですか?」

「まあ、そうですねえ。好奇心が強いといってもいいでしょうね」

「それを、人にいやがられていたということはありませんか?」

と、亀井がきいた。

新谷は首をかしげて、

「あるかもしれませんが、それで殺されたりはしないんじゃありませんか」

といった。確かに、そうだろう。お節介を嫌う人間もいるが、だからといって、殺しはしないだろう。

十津川は、死体を司法解剖に回す一方、西本と日下の二人の刑事を、五島が勤めていたK工業本社にいかせた。係長の新谷がしらなかった被害者の日常を、同僚はしっているかもわからないからだった。

西本と日下は、三時間ほどして帰ってきた。

「五島啓介が、九月六日から、どこへいっていたかわかりました。南紀です」

と、西本が十津川に報告した。

「南紀のどのあたりだ？」

「白浜、串本《くしもと》、那智勝浦《なちかつうら》と、レンタカーで回ったと思われます。同僚が、そう、五島からきいています」

「それは、予定だろう？」

「はい。ただ、九月六日の夜、白浜から電話があったので、白浜にいったことは、間違いないと思います」

「ひとりでいったのかね？」

「そのようです」

「帰ってきてから、殺されたか」

「そう思われます」

「ほかに、五島啓介について、わかったことはないかね？」

と、十津川はきいた。

「一つ面白い話をききました。世話好きということに似ているんでしょうが、詮索好きだという話をきいてきました」

と、日下がいった。

「世話好きと、どう違うんだ？」

と、亀井刑事がきいた。

「相手が喜ぶのと、嫌うのとの違いじゃありませんか。新入社員、特に、女子社員が入ってくると、五島はいろいろと調べて、仲間に教えるんだそうですよ。当の女子社員に、いやがられていたという話です」

「なるほどね」

「時には、際どいことまで調べ出して、女子社員と喧嘩になったこともあるようです」

「だが、それが、殺人にまで発展するかな？」

と、十津川は考えてしまった。

死体が発見された時、ドアには鍵がかかっていたという。犯人は、五島を殺したあと、鍵をかけて逃げたのだ。

物盗りなら、そんな面倒なことはしないだろう。顔見知りの人間の可能性が強い。だからこそ、五島はパジャマ姿で、犯人を部屋に入れたのだということも考えられる。

「どうも、会社の人間に犯人がいるとは思えませんね」

と、西本刑事がいった。

「理由は？」

「今いったように、女子社員のなかには彼を嫌っている者もいますが、殺人にまでいくような嫌悪感とは思えません。男子社員には、反対に人気があります。また、同僚との間に金銭の貸借はなかったようですから、その面で、憎まれていたことはないと思います」

「会社に、恋人はいないのかね？」

「いませんね。何人かに会って、きいてみましたが、まったく、噂もなかったそうです。適当に遊んではいたみたいですが」

と、日下がいった。

司法解剖の結果が、わかった。

死亡推定時刻は、八日の午後十時から十二時までの間ということだった。死因は、やはり背中の五カ所の傷で、出血死である。

凶器のナイフは、マンション裏の排水溝から見つかった。刃渡り十五センチの登山ナイフである。柄から、指紋は検出されなかったが、五島の部屋から、ほかに、ナイフが二本見つかっていて、凶器もおそらく、五島自身が買ったものだろうということになった。

「ひょっとすると、九月六日から八日までの旅行が、殺される理由になっているかもしれませんね」

と、亀井がいった。

十津川は、五島啓介の写真二枚を和歌山県警に送り、六日から八日まで、五島が南紀にいっていないか、いっていれば、その最中に何かなかったか、調べてもらうことにした。

龍神温泉には、何軒かの旅館と、国民宿舎がある。橋本は一つずつ、井辺由美の写真を見せてきいてみたが、九月七日以後に、彼女が現れたという証言はきかれなかった。

6

龍神温泉を出ると、標高一〇〇〇メートルほどの山の尾根を走る、高野龍神スカイラインに入った。

快適なドライブだった。

右も左も、山並が広がっている。雲が出ていれば、雲海を走る感じになるのだろう。適当にカーブが続くので、眠気が起きることもない。

四十二・七キロの有料道路の終わりが、高野山である。

この山上全体が、聖域になっている。橋本は奥の院の駐車場にきたとき、寺務所で井辺由美のことをきいてみた。

写真を見せてきいたのだが、彼女を見たという話は、きけなかった。総本山金《こん》剛峯寺《ごうぶじ》できいても、慈尊院できいても、結果は同じだった。

どうやら、井辺由美は、ここにはこなかったらしい。

白浜のホテルSに帰ったのは、夜になってからだった。

遅い夕食を食べ終わったとき、美矢子から電話がかかった。

「妹のことで、何か、わかりました？」

と、美矢子がきいた。

「今、高野山から戻ってきたんですが、消息は摑めませんでした」

「高野山？」

「ええ、失恋の痛手を癒すために、訪ねたのではないかと、思いましてね」

「それで、妹は、高野山にいったんですか？」

「いや、いってはいないようです」

と、橋本がいった時、部屋のドアがノックされた。

美矢子に、ちょっと待っていてくれるようにいってから、ドアを開けると、ボーイが立っていて、橋本に白浜署の原田巡査がきているといった。

橋本は、すぐいきますと伝えておいて、電話に戻ると、

「何かあったようです。あとで、電話します」

「こちらは病院でしょう。主人の病室に電話はないし、今も、病院の外の公衆電

話から、かけているのよ」

「では、どうしますか？　十五分後に、私のほうから、また電話します」

と美矢子は、いった。

橋本は、一階のロビーにおりていった。原田巡査は私服姿で待っていた。

「帰宅する途中で、あなたのことを思い出して寄りました。井辺由美という娘さんをお探しでしたね」

と、原田はいった。

「見つかったんですか？」

と、橋本はきいた。

「午後四時半頃、沖合の漁船が、若い女の死体を網に引っかけましてね。警察にしらせてきました」

「井辺由美ですか？」

「よく似ていますが、決め手はありません。腐乱が始まっていますしね」

「彼女の家族にしらせて、きてもらいましょう」

と橋本はいった。

礼をいって、部屋に戻ってすぐ、美矢子から、また電話がかかった。

橋本は、彼女に、見つかった水死体のことを話した。美矢子は一瞬黙ってから、

「明日、なるべく早く、そちらへいきますわ。白浜警察署へいけばいいんですね?」

「そうです。私もいっています」

と、橋本はいった。

翌日、朝食のあとで橋本はホテルを出ると、白浜警察署に向かった。

緊張した空気がないのは、殺人事件ではないからだろう。

橋本は、霊安室に連れていかれた。若い女の死体は、棺に納められている。海水に長く浸かっていた死体は水ぶくれしていて、写真の井辺由美かどうか、判断が難しかった。

昼少しすぎに、美矢子が到着した。

彼女も、死体を見た瞬間、顔色が蒼ざめ、目をそむけた。それだけ無残な死体ということなのだろう。

それでも美矢子は、じっと死体を見つめ直し、服や足をなぜるようにして調べ

てから、急に泣き出した。

「妹さんですか？」

と、白浜署の刑事がきいた。

美矢子は顔をあげ、ハンカチで涙を拭いてから、

「ええ」

と、短くうなずいた。

美矢子は、遺体の左足の膝下に、見覚えのある傷跡があるといった。妹の由美が、高校一年の時に、スキーをしていて怪我をし、その傷跡だという。

指紋の照合も、おこなわれることになった。由美の指紋は、由美の部屋から、採取された。

溺死体の指紋が採られ照合され、夜になって結果が出た。

指紋は一致し、溺死体は、井辺由美と断定された。

美矢子はその夜、ホテルSに泊まることになった。橋本は、改めて彼女にこれで自分の仕事は終わった、と告げた。

「残念な結果になってしまいましたが、妹さんは見つかりました。ただ、発見したのは、私じゃありません。ですから、成功報酬はいただきません」・

と、橋本はいった。

橋本は規則どおりの料金と、交通費、宿泊代金だけをもらった。

美矢子は、そのあと、

「私は主人のことがあるので、妹を荼毘《だび》に付して、なるべく早く帰りたいと思っていますけど、橋本さんはどうなさるの？」

と、きいた。

「私はせっかく、白浜にきたんですから、あと二、三日ここで、仕事を忘れてのんびりしたいと思っています」

と、橋本はいった。

翌日、美矢子は遺体を荼毘に付すために、朝早くホテルを出発していった。

橋本はホテルで竿を借り、餌を買って白良浜に出かけた。昔はよく釣りをしたものだが、最近、まったくしていない。久しぶりに楽しみたかったのだ。

昼の弁当を、ホテルが作ってくれた。

コンクリートの堤防の先端まで歩いていき、そこに腰をおろして、浮子《うき》釣りを始めた。台風15号が去って三、四日すぎ、海はのんびりと穏やかで、浜は静かである。

浮子は、いっこうに動かないが、釣りそのものが目的ではないから、橋本は退屈さを楽しんでいた。

気候も、暑くも寒くもなくて心地よい。

煙草に火をつけ、遠い水平線に目をやる。次第に眠くなってきて、橋本は煙草を消し、堤防の上に寝転んだ。

頭上に青空が広がっている。浮かんでいる雲は秋をしらせる絹雲《けんうん》だろうか？

目をつむっているうちに、本当に眠ってしまった。

人の気配で、目を開けた。

目の上に、中年の男の顔があり、それが、覗きこんでいる。

「やっぱり、橋本か」

と、その男がいった。

橋本は、慌てて起きあがった。改めて、男の顔を見て、

「あれ！　カメさんじゃありませんか」

「ああ。久しぶりだね」

亀井の顔が笑った。

「カメさんも、この白浜に、遊びにきたんですか？」

「馬鹿なことをいいなさんな。仕事だよ。それに、君を捜してたんだ。ホテルできいたら、釣りに出かけたというので、きてみたのさ」

と、亀井はいい、橋本の隣に、腰をおろした。

「探してたって、何の用です？　事件ですか？」

「ああ。殺人事件だ」

「この白浜でですか？」

「いや、東京のマンションで、若いサラリーマンが、九月八日の夜、殺された」

「それが、白浜とどんな関係が？」

と、橋本はきいた。

「彼の名前は、五島啓介で、休みを取り、九月六日から八日まで、南紀を旅行している。特に、六日は、ホテルSに泊まっているんだ」

と、亀井がいう。

「本名で、泊まっているんですか？」

「そうだ。五島は、南紀旅行から帰ってすぐ殺されている。それで、彼の旅行について、調べることになった。今日、まず、ホテルSにきてみたら、同じ頃、泊まっていた女性が、水死しているのをしった。しかも――」

「私が、彼女のことを調べていた」

「そうだよ」

「私は、彼女の姉の依頼で、白浜にきていたんです。白浜にきていて行方不明になった妹を探してほしいという依頼でした。結果的に、漁船が網に引っかけて、見つけましたが」

「彼女は、九月五日から七日まで、ホテルSに泊まっていたようだね」

「そうです」

「彼女は、どんな様子だったんだ?」

と、亀井は、海に目をやった格好で、きいた。

「私が調べたところでは、失恋してここにやってきて、毎日、自殺の誘惑と闘っていたようです。特に、自殺者の多い三段壁では、夕暮れの岩の上に、彼女がぼんやり立っているのを見て、近くの土産物店の夫婦が心配して店のなかに案内し、お茶とお菓子をご馳走して意見し、東京に帰るようにいったそうです」

「だが、井辺由美は、その三段壁から身を投げた?」

「場所はわかりませんが、彼女は自殺し、台風15号で沖に流され、漁船の網に引っかかったわけです」

と、橋本はいった。

「なるほどね。彼女は、死に場所を求めて、白浜にきていたわけか」

「結果的に、そうなっていますね」

「彼女は、いくつだったかね」

「二十五歳です」

「それにしては、古風だな」

と、亀井はいった。

「失恋したくらいで、自殺したからですか？」

「ああ、そうだよ。今の若い女は、失恋したら、ぱっとハワイにでも出かけて、海辺を走り回り、ボーイハントでもして、前の男のことなんか、忘れてしまうものだと思っていたんだがねえ」

「若い女にだって、古風な人もいるんですよ」

と、橋本はいってから、

「東京の殺人と彼女の死が、何か関係があるんですか？」

と、きいた。

「わからないがね。殺人が、彼の南紀旅行に関係があるとすれば、三日間の彼の旅行で、事件らしい事件というと、同じホテルSに泊まっていた井辺由美という女の自殺しかないんだよ。五島啓介は、台風15号がくる前に、東京に帰ってしまっているからね」

と、亀井はいった。

「しかし、彼女は東京の事件に関係ないと思いますよ。彼女は、九月八日には、死んでいるんです」

「五島啓介も、同じ日の夜、殺されている」

「まさか、井辺由美の恋人が五島啓介というわけじゃないでしょうね？」

「それはないよ。五島の周辺を調べたが、井辺由美の名前は浮かんでこなかったし、わかれた男と女が、白浜の同じホテルに泊まるなんてことは、考えられないからね」

と、亀井はいった。

「しかし、カメさんは何か関係があるんじゃないかと、考えているんでしょう？」

「私の勘《かん》だがね」

「五島啓介は、九月六日にホテルSに泊まって、いつ、チェックアウトしたんですか？」

と、橋本はきいた。

「翌日の九月七日だよ。次に、どこへいったのかは、まだ、わからないんだがね」

「すると、一日だけ、二人は、同じホテルにいたというわけですか？」

「そうだ」

「私も、井辺由美の行動を調べましたが、ホテルで、男と仲よく話をしていたという噂はききませんでしたよ」

「私も、五島啓介のことを、ホテルの従業員にきいてみたが、彼が、若い女と話をしているのを目撃したという証言は得られなかったね」

「そうでしょう」

「しかし、九月六日というと、もう夏の終わりで、泊まり客は少なかったはずだ」

「ええ」

「そんななかで、井辺由美は、目立ったんじゃないかね。なかなか美人だったようだしね」

と、亀井はいった。

「そうですね。目立つ顔立ちですよ」

「五島啓介は、詮索好きな男でね。特に、女性に対して、あれこれ調べるのが好きだった」

「だから、井辺由美のことを調べたということですか？」

「夏の終わりの海辺のホテルに、若い女が、ひとりで泊まっているんだ。しかも、なかなか魅力的な美人だ。なぜ、ひとりで泊まっているんだろうと思うんじゃないかね」

と、亀井はいった。

「だからといって、そのために、殺されるというのは、よくわかりませんねえ」

「今もいったように、彼は、若い女のことを、あれこれ調べる趣味があるんだ。それに、井辺由美は宿泊者カードに、本名と、本当の住所を書いている。五島は東京に帰ってから、彼女のことをいろいろと調べたのかもしれない」

「ちょっと、待って下さい」

「何だ？」

「井辺由美は東京には帰らず、ここで、死んでいるんです。五島が東京に帰ったあと、彼女のことを調べたとしても、東京で再会していないわけです。だから、それが原因で殺されたというのは、おかしいんじゃありませんか？」

と、橋本はいった。

「君も、なかなかいうねえ」

と、亀井が笑った。

「すみません」

「君が、謝ることはないさ。君のいうことも一理ある」

「五島啓介という男には、南紀旅行のほかに、殺される理由は、ないんですか？」

「今のところは、見つからないんだ。詮索好き以外には、これといった特徴のないサラリーマンでね。酒癖も悪くないし、借金もしていない。ギャンブルも、せいぜいパチンコを楽しむくらいだ。そんな男が、旅行から帰ってすぐ殺されている」

と、亀井がいった時、ホテルの従業員が、堤防を走ってきて、彼に、東京から電話が入っていると告げた。

「一緒にきたまえ」

と、亀井が、橋本を誘った。

二人で、ホテルに戻ると、東京の十津川からの電話だった。

「五島が、近所のコンビニエンスストアに写真のDPEを頼んでいたことがわかったよ。北条刑事が、そのフィルムを、借りてきた」

「今度の南紀旅行の写真ですか？」

「そうだ」

「どんな写真ですか？」

「二十四枚のほとんどが、景色を撮《と》ったものだがね、そのうち三枚が、女を撮っている」

「女ですか？」

「二枚は白浜で撮っているね。同じ女だ」

「井辺由美ですね？」

「と、思うね。北条刑事が写真を持って、そちらへ向かっているから、ホテルの従業員に見せて確認してくれ」

「わかりました。ところで、こちらで橋本君に会いましたよ。彼は、問題の井辺由美のことを、彼女の姉に頼まれて探していたそうです」

と、亀井がいった。

7

午後になって、北条早苗が写真を持って、到着した。

二枚は、明らかに、ホテルSで撮ったものである。ズームを使って、離れた場所から撮ったものらしい。

フロント係や、ルームサービス係の女性に見せると、異口同音に、井辺由美の名前で泊まっていたお客だといった。

「これで、五島啓介が、井辺由美に興味を持っていたことは、間違いないね」

と、亀井は、満足そうに、いった。

「美人だから、撮ったんでしょう。それだけかもしれませんよ」

と、橋本はいった。

「もう一枚というのは、どんな写真なんだ?」

と、亀井は早苗を見た。

「これですが、ぼんやりとしか、写っていないんです」

と、早苗は三枚目の写真を、亀井に見せた。

こちらは、白浜ではなかった。はっきりしないが、東京らしい。夜、写したらしく、女の顔は、ぼんやりとしかわからない。

「井辺由美じゃありませんね。髪の長さが違う。井辺由美は、ショートヘアですが、こちらは、ロングです」

と、橋本が、写真を覗きこんで、いった。

「確かにそうだが、それなら、なぜ、この写真を撮ったんだろう?」

と、亀井が呟いた。

橋本が、黙って考えていると、早苗が、

「普通、カメラは、持ち歩きませんわ」

と、いった。

「だから?」

と、亀井が、早苗を見た。

「でも、旅行の帰りなら、カメラを持っています」

「そうか。五島啓介は九月七日に、東京に帰ったとする。その時は、カメラを持っていたから、東京に着いて、自宅マンションに帰るまでの間に、この写真を撮ったということだな」

「ええ」

「この写真は、二十四齣《こま》目に写っていたのかね？」

「二十四枚撮りのフィルムの二十三齣目です」

「最後の齣は？」

「同じ夜景が写っていますが、女は入っていませんでした。だから、持ってきませんでした」

と、早苗はいった。

「君はどう思うね？」

と、亀井が、橋本にきいた。

「たぶん、彼は、この女に興味を覚えて撮ったんだと思います。そして続けてもう一度シャッターを押した時は、彼女が視界から消えてしまっていたんじゃありませんか」

「それとも、女のほうが、撮られることをしって、慌てて逃げたかだな。とすると、何かあるのか」

と、亀井がいうと、早苗が笑って、

「何もなくても、カメラを向けられて、逃げる女性もいますわ」

と、いった。

「場所はどこですかね？」

橋本は、じっと写真を見た。

「バックは、タクシー乗り場みたいだな」

と、亀井がいう。

「西本刑事は、東京駅じゃないかと、いっていましたけど」

と、早苗はいった。

「東京駅のタクシー乗り場か？」

「はい」

「しかし、五島の自宅マンションは四谷三丁目だ。東京駅からなら、タクシーに乗るよりも、地下鉄か中央線《ちゅうおうせん》のほうが早いんじゃないかね」

と、亀井はいった。

「そうだとしたら、よけい、面白いんじゃありませんか」

と、橋本はいった。

「どんなふうにだね？」

「この女に興味を持ったので、地下鉄や中央線には乗らずに、タクシー乗り場まできたことになるからです」

と、橋本はいった。

「問題は、殺された五島が、なぜ、その女に興味を持ったかだな」

亀井は、難しい顔でいった。

「一つの仮説を考えたんですけど」

と、北条早苗が、遠慮がちにいった。

「いってみたまえ」

と、亀井が促《うなが》した。

「この女性は、白浜で会った井辺由美だったんじゃないでしょうか？　いえ、正確にいえば、白浜で会った女と同じ女だと思った――」

「しかし、髪の形が違いますよ」

と、橋本がいった。

早苗は笑って、

「私だってかつらを持っていますわ。仕事の時は、こうして短くしていますけど、休みをとった時なんかには、気分を変えたくて長い髪のかつらをつけています。そんな時、知り合いに会うと、たいてい相手は変な顔をしますわ。よく似ているんだが、髪型は違うし、と思うんでしょうね。それに、そんな時は、化粧の仕方も変えていますから」

「なるほどねえ。男には、そこがわからないということか」

と、亀井は感心したようにうなずいたが、ふと、橋本を見て、

「どうしたんだ？」

と、きいた。

橋本の顔が蒼ざめていたからだった。

彼は、黙ってポケットから一枚の写真を取り出して、亀井と早苗の前に置いた。

「この写真です」

「これは、井辺由美の写真だろう？」

と、亀井が変な顔をしてきいた。橋本が何を問題にしているのか、わからなかったからである。

「ええ。姉の美矢子が私にくれて、妹を探してくれといったものです」

「それで？」

「姉の美矢子によく似ています。今、北条刑事がいったように、長髪のかつらを

かぶり、化粧法を変えたら、同じ顔になってしまいます」

橋本は、こわばった顔のまま、いった。

「よく似た姉妹だと、いったじゃないか」

「そうなんですが、この写真の表情をよく見て下さい」

「見ているよ」

「何となく、受験票に貼りつける写真みたいな感じがしませんか？」

と、橋本がいった。

亀井も、ようやく橋本が何をいいたがっているのか気がついて、

「そうか。セルフタイマーを使って撮った写真か。カメラを持った人間を見ているのなら、笑ったり、怒ったり、自然な表情になるが、相手がカメラだから、妙に、こわばった表情になっているのか」

「そうなんです」

「つまり、姉の美矢子が、妹の由美になりすまして、セルフタイマーで写真を撮り、それを君に渡して、妹を探してくれと頼みにきたんじゃないかと、いうのか？」

「ええ」

「しかし、ここのホテルでは間違いなく、井辺由美が、九月五日から泊まっていたと証言しているんだろう？」

「そうです」

「その女も、姉の美矢子だったというのかね？　もしそうなら、彼女は、なぜ、そんなことをしたんだ？」

「橋本さんに、妹の白浜での行動を調べさせ、彼女が失恋から絶えず自殺したがっていたと思わせるためじゃないでしょうか？」

と、早苗が口を挟んだ。

「そして、妹の井辺由美は、予想どおり溺死体で発見された――か」

と、亀井は呟いてから、急に、

「十津川警部に、連絡する」

と、いった。

8

「面白いな」

と、電話のあとで、十津川が微笑を浮かべた。

問題は、理由である。

十津川は すぐ、西本や日下に、姉夫妻のことを調べさせた。

美矢子の夫、緒方博史《ひろし》は、脱サラして、一応、成功した人間だった。

「現在、埼玉《さいたま》県の浦和《うらわ》市郊外に家があります。脱サラ後の商売は、市内の喫茶店で、今は緒方が入院してしまい、美矢子も、病院へ看病にいったりしているので、休業しています」

と、西本が報告した。

「東京じゃないのか？」

十津川は、意外な気がした。

新宿《しんじゆく》近くに事務所を持つ橋本に、調査依頼にきたのだから、東京に住んでいるものという先入主があったのだ。

「その喫茶店ですが、夫婦でよく働き、成功していて、死んだ妹の由美も会社がお休みの時は、手伝いにきていたようです。顔がよく似ていて、美人姉妹だといわれていたみたいですね」

「美矢子の夫は、今、どこに入院しているんだ？」

「西伊豆の富士《ふじ》療養所というところだそうです」

と、日下が住所をメモしたものを十津川に見せた。

それも、十津川には不審だった。

なぜ、遠い西伊豆に入院しているのか。

十津川は、西本たちに、さらに詳しく美矢子の周辺を調べるように指示しておいて、自分は、伊豆へいってみることにした。

時間を節約したくて、三島で新幹線を降り、タクシーを飛ばした。

病院というより、確かに療養所という感じの建物だった。三津浜《みとはま》近くの丘の中腹にあり、名前のとおり、富士がよく見えた。

十津川は、浅井《あさい》という所長に会った。

「ここに入っている、緒方さんのことですが」

と、十津川がいうと、

「体のほうはよくなっていますが、なかなか記憶を取り戻せなくて、それが大変ですね」

と、浅井はいった。

「記憶？　何の病気なんですか？　心臓の病気じゃないんですか？」

「いや、事故ですよ」

「事故？」

「自宅ガレージで、車の修理をしているうちに、排気ガスを吸ってしまい、意識を失っていたということですよ。体は回復しても、脳に障害を起こして記憶を取り戻せない。そのリハビリで、ここにきているんです」

と、浅井はいった。

「記憶が、まったくないんですか？」

「いや、見舞いにくる奥さんのことは、よくわかっていますよ。ただ、事故の前後のことはまったく思い出せないようだし、昨日のことを忘れてしまったりしますね。なぜ、今、自分がここに入院しているかも、わからないんじゃないですかね」

と、浅井はいった。

（何かある）

と、十津川は感じた。

だが、その何かが、まだわからない。

病室を覗くと、車椅子に乗った緒方に、妻の美矢子が優しく声をかけているのが見えた。

「これから、病院のなかを一周しましょうね。踊り場から見える富士山が、綺麗だわ」

と、美矢子はいい、車椅子を押して、廊下に出ていった。

十津川は、今度はリハビリを担当している医師に、美矢子のことをきいてみた。

若い栗本《くりもと》という医師は、

「よくやっていますよ、彼女は。体のリハビリでも、心のリハビリでも、本当に、献身的に、夫につくしていますね」

と、いった。

「排ガス事故のことは、ご存じですね？」

「ええ、もちろん」

「彼女に、井辺由美という妹がいたんですが、見舞いにきましたか？」

と、十津川はきいた。

「いや、奥さん以外の女の人が、見舞いにきたことは一度もありませんよ」

と、栗本医師はいった。

念のためにナースセンターで、看護師たちにもきいてみたが、返事は同じだった。

彼女たちは、妻である美矢子の献身ぶりを褒めたが、ほかの女性が見舞いにきたことはないといった。

由美は、ディスコで知り合った恋人とわかれ、失意に落ちていたから、義兄の見舞いどころではなかったということなのか？

（しかし）

と、十津川は思う。

恋人とわかれた悲しみから死を選ぶ女は、きっと繊細で優しい心の持ち主に違いない。

それに、由美は、会社が休みの時は、よく、姉夫妻の店を手伝っていたというではないか。

たとえ、失恋の痛手のなかにいても、義兄が大事故に遭って入院したら、姉と一緒に見舞いにいくのが自然のはずだ。

その疑問を、美矢子自身にぶつけてみようと思ったが、やめて、十津川は東京に戻ることにした。

たぶん、美矢子は、十津川が考えたと同じ答えを口にするだろうと思ったからである。妹は、失恋して他人のことなど、心配する余裕がなかったんですわ、と。

それをいわれた時、今の十津川には反論できない。美矢子についても、彼女の夫についても、そして白浜で自殺した妹の由美についても、まだ、ほとんどしらないといってよかったからである。

東京に帰ると、西本たちが新しい情報を仕入れていて、十津川に報告した。

「妙なことが、わかりました。井辺由美は、九月五日から会社の休みをとって、白浜にいっていたことになっていましたね？」

と、西本がいう。

「ああ、そうだ」

「ところが、会社のほうにきいてみると、ちょっと違うんですよ」

「休みをとってないのか？」

「というより、八月二十五日から無断欠勤しているんです。その後、手紙で体の具合が悪いので、しばらく会社を休みたいと、いってきたそうです。筆跡が違っているので、姉の美矢子が書いたんだと思いますね」

「十日も前から、休んでいたのか」

「正確には、十一日前からです」

と、西本が訂正し、次に、日下刑事が、

「妙なことが、もう一つあります。美矢子の夫は、八月二十四日の夜十一時半頃、救急車で総合病院に運ばれているんです。そして、翌二十五日から妹の由美が、会社を無断欠勤しています」

と、いった。

「それは、興味があるね」

「美矢子の夫の緒方は、ガレージで車を修理していて、排ガス中毒になってしまったそうです。すぐ、集中治療室に入れられ、命はとりとめたものの、後遺症で両脚が麻痺《まひ》し、記憶喪失の状態になってしまった。そのリハビリということで、伊豆の療養所を紹介されて、美矢子が、入院させたということのようです」

「ガレージで車を修理していて、排ガス中毒になったというのは、誰の証言なんだ？」

と、十津川はきいた。

「本人は、後遺症で、事故の前後の記憶をまったく失ってしまっていたそうですから、妻の美矢子の証言ということになりますね」

と、日下はいった。

「八月二十四日夜からの、緒方夫妻の行動はわかったが、二十五日から無断欠勤していた井辺由美は、九月五日までどこで何をしていたのかね？」

と、十津川はきいた。

「彼女のマンションは目白《めじろ》ですが、清水と田中の二人が、聞き込みにいっています」

と、西本がいった。

その二人が、戻ってくると、十津川にこう報告した。

「八月二十五日から、井辺由美は自宅マンションにはいなかったようです」

と、清水がいった。

「なぜ、わかるんだ？」

「管理人の話では、その頃、郵便受に新聞が溜まっていたし、宅配がきても、井辺由美が受け取らず、返送されてしまっていたといっていることです。二十五日からと、正確に断定はできませんが、その頃からだと管理人も隣室のサラリーマンも、証言しています」

「じゃあ、彼女は、その間、どこへいっていたんだろう？」

「彼女は八月二十五日に、すでに白浜で、投身自殺していたんじゃないでしょうか」

と、いったのは、田中刑事だった。

「違うね。溺死体は解剖され、九月八日に死亡したという結論が出ているんだ」

「その溺死体が、よく似た別人ということは考えられませんか？　溺死体は、ふくらんで、別人のように見えることがありますから」

「いや、指紋も照合されて、井辺由美であることは確認されているんだよ」

「そうだとすると、彼女は白浜へいく前、ひとりで八月二十五日から、どこかへ傷心の旅に出かけていたんですかね？　北海道《ほっかいどう》とか、九州《きゅうしゅう》とか」

と、清水がいった。

「そこから、白浜へ回ったというのかね？」

「そのくらいの長い旅であっても、おかしくはないと思いますが」

「別に、おかしくはないがねえ。偶然の一致が、気になるんだよ。八月二十四日の夜、美矢子の夫が排ガスでやられて、総合病院に運ばれた。翌二十五日から、井辺由美が会社を無断欠勤し、その揚句、白浜の海で死んだ。偶然かもしれないが、できすぎている感じもある」

と、十津川はいった。

9

十津川はもう一度、西伊豆にいくことにした。今度は医師の話をきくためではなく、美矢子に会うためだった。

十津川は、療養所の近くのペンションに泊まりこみ、通っているのだという。美矢子は、彼女を病院の外に連れ出した。海に注ぐN川の川岸を歩きながら、十津川は、

「井辺由美さんのことで、お伺いしたいことがありましてね」

と、切り出した。

「妹は亡くなったんです。あまり、彼女のことをあれこれ詮索しないでほしいんですけど」

美矢子は、不機嫌そうにいった。

「わかっていますが、調べていくと、いろいろと、おかしなことが出てきましてね。どうしても、あなたにきかなければならなくなったのです」

と、十津川はいった。

美矢子は、用心深い目になって、十津川を見た。自然に足が止まる。

「正直にいって、死んだ妹のことは、よくしりませんわ。姉妹といっても、妹には妹の人生がありましたから」

「よくわかりますよ。しかし、妹さんとは仲がよかったし、会社が休みの時には、浦和市内の店に、よく手伝いにいらっしゃっていたんでしょう？」

と、十津川はきいた。

「ええ。よく手伝ってくれましたわ」

「妹さんの会社にいってきいたところ、八月二十五日から、無断欠勤になっていました。白浜にいったのが九月五日からですから、八月二十五日から九月四日まで、妹さんはどこで、何をしていたんでしょうか？」

「自宅にいたんじゃありませんの？」

美矢子は、面倒臭そうにいった。

「いや、マンションの管理人などの証言で、妹さんがいなかったことは、はっきりしています」

「それなら、どこかへ旅行していたんだと思いますわ」

と、美矢子はいった。

「行き先は、わかりますか？」

「いいえ。でも、それが、なぜ、問題ですの？　妹は九月八日に死んだんです。それ以前のことは、関係ないんじゃありません？」

「しかし、十一日間、妹さんは会社を無断欠勤し、行方不明になっていたわけですよ。なぜその時、探そうとなさらなかったんですか？　それが、不可解なんですよ」

「それは、主人のことで頭が一杯だったからですわ」

「しかし、私立探偵の橋本豊に、妹さんの行方を探してくれと依頼した時も、ご主人は西伊豆で療養されていたわけですよね」

「ええ」

「事情は、同じだったんじゃありませんか？」

「少し落ち着いたから、急に妹のことが心配になって、橋本さんに頼んだんです。いけませんの？」

明らかに美矢子はいらつき、怒っていた。

が、十津川は構わずに、

「なぜ、橋本豊を選んだんですか？　浦和市内にだって、私立探偵はいるでしょう？」

「妹は、東京に住んでいたんです。勤めていた会社だって東京ですわ。だから、東京の私立探偵に頼んだんです。東京の電話帳を見てですわ」

と、美矢子はいってから、

「それが、いけないことなんですか？」

と、食ってかかった。

十津川は苦笑した。

「八月二十四日の夜、ご主人がガレージで排ガス中毒になり、総合病院の集中治療室に、運びこまれた。そして、翌二十五日から、妹さんは会社を無断欠勤している。そして、九月四日まで行方がわからない。それは、どう解釈したらいいんですかね？」

「私にきかれても、どうしようもありませんわ」

と、美矢子はいった。

「では、私の推理を話しましょう」

と、十津川はいった。

10

「妹の由美さんは、あなたによく似た美人で、浦和の、あなたとご主人が作った喫茶店を時々手伝っていた。あなた方は、姉妹仲がよかったし、妹さんに感謝していたんだと思う。ところが、あなたが気づかないところで、ご主人と由美さんの仲が進行していた。妹さんもご主人も、きっと苦しんだと思う。そして、八月二十四日の夜、二人は車のなかで、排ガスによる心中を図ったんだ。不倫の清算、それも、由美さんにしてみれば、お姉さんを裏切ったのだから、死ぬより仕方がないと覚悟したんだと思う。あなたは、意識不明の二人を発見して、愕然とした。あなたを襲った感情がどんなものだったか、私にはわからない。悲しみもあったろうし、裏切られたことへの憎しみもあったと思う。あなたは、ご主人の緒方さんだけを、ガレージで車を修理中に排ガスを吸ってしまったといって、総合病院へ運んだ。ご主人は助かったが、記憶を失い、両脚も麻痺してしまった。

そのリハビリのために、西伊豆の療養所へ入院した。その間、妹の由美さんは、どこでどうしていたのだろうか？」

十津川は、いったん言葉を切って、美矢子を見た。が、彼女は顔をそむけて、返事をしなかった。

十津川は、自分の推理を続けた。

「由美さんは、死んでしまっていたのだろうか？　しかし彼女は、九月八日に、白浜の海で溺死したことが、証明されているから、八月二十四日の夜には、生きていたはずだ。しかし、その頃彼女を目撃した人間はいない。そこで、私はこう考えた。あなたのご主人と同じように記憶を失い、体は麻痺していたに違いないと。そんな妹を、あなたは浦和のあなたの家に監禁していたのではないか。そしてあなたは、それから、どうしたらいいかを考えた。夫を、妹に寝取られたなどということは、我慢がならなかったと思う。世間体もある。そこで、あなたは恐ろしい計画を立てた。妹の由美さんは恋人にふられ、そのため投身自殺するというストーリーだ。九月五日、あなたは由美さんになりすまして、白浜にいった。髪を短く切り、化粧も少し濃くして、由美さんになりすましてね。白浜のホテルSでも、三段壁でも、千畳敷でも、恋人にふられて、死にたがっている若い女を演じて見せた。そうしておいて、九月七日、急遽、東京に戻った。由美さんを殺して、白浜の海に投げこむためにね」

「――」

「ところが、帰りの新幹線のなかで、予想しなかった男、サラリーマンの五島啓介に、出会ってしまった。五島は、偶然、白浜のホテルSに、九月六日泊まっただけだった。白浜の彼は、由美さんに化けたあなたの美しさに出会って、写真に撮った。あなたにとっては、むしろ、それは由美さんが白浜にいったことの証明になるわけだから、撮られたことがわかっていても、平気だったと思う。ところが、急遽、東京に戻る列車のなかでも、たまたま、五島と一緒になってしまった。あなたはそれに気づかず、列車のなかで、由美さんから元の美矢子に戻る儀式をした。由美さんのまま、東京に戻っては、計画が無駄になってしまうからだ。あなたは、服を着替え、化粧も変え、そして、かつらで長髪にした。まずいことに、それを見た五島がびっくりした。彼は、あなたを東京駅のタクシー乗り場まで追いかけ写真に撮った。平凡なサラリーマンだが、美人を見ると、やたらに詮索したくなる男だったのが、あなたにとって不幸だった。あなたは、ホテルできいた、四谷三丁目の彼のマンションを訪ね、五島を殺して口を封じなければならなかった」

「――」

「一方、九月八日に、由美さんは溺死しなければならない。そこで、あなたはたぶん、九月八日、由美さんをバスルームに運んで、バスに顔を突っこみ、溺死させたんだと思う。そうしておいて、由美さんの死体を白浜に運んで、海に投げこんだのだ。台風15号が近づいていたから、あなたの行動を怪しむ人間はいなかったと思う」

「――」

「そうしておいて、あなたは、私立探偵の橋本豊を訪ね、行方不明の妹を探してもらいたいと頼んだ。橋本は白浜へいき、由美さんの足跡を訪ねて回った。ホテルSにいき、千畳敷にいき、三段壁を訪ねて、彼は由美さんが、自殺の場所を探しているという印象を受けた。あなたの思惑どおりにね。そして、また、あなたの思惑どおりに、白浜の海で、由美さんの溺死体が漁船の網に引っかかって、発見された」

「――」

「県警は、まさか殺人とは思わなかった。当然だ。橋本探偵の証言もあるし、ホテルSなどの証言もある。自殺したがっていた女が、海で死んでいたからだ。一応、司法解剖をしたが、溺死とわかったことで満足して、それ以上の調べをしなかった。もし、殺人の疑いがあれば、肺のなかの水について、水質も調べたはずだから、それが海水でないとわかったと思うね。由美さんの遺体は、すでに茶毘に付されてしまったから、今からではもう、確認のしようがないが、あなたが、由美さんを殺したことは、間違いないんだ」

11

「証拠があるんですか？」

と、美矢子がきいた。

「今のところは、ありませんよ。しかし、あなたは無理をしている。よけいな五島啓介という男まで殺している。こんな殺人計画は、破綻するに決まっているんですよ」

十津川は、自信を持っていった。

彼の予想は、当たった。

井辺由美が、白浜にいた九月五日から九月七日まで、姉の美矢子が行方不明になっていることが、わかった。浦和の自宅にもいないし、西伊豆の療養所にもいっていない。美矢子が、妹に化けて白浜にいっていたのだから、当然のことだった。

これは、美矢子にアリバイがなくなっていることを意味している。

四谷三丁目の五島啓介のマンション近くで、美矢子と思われる女が、夜遅く、目撃されていることもわかった。

八月二十四日の夜、駆けつけた救急車の隊員は、美矢子の様子がおかしかったと証言した。

意識不明の夫を救急車に乗せたあと、しきりに自宅のことを心配し、集中治療室に入ったあと、急にタクシーを呼んで、美矢子が帰宅してしまったと証言した。

これには、医師と看護師も、おかしいと証言している。普通なら、夫の容態が心配で、ずっとつき添っているはずだからである。

美矢子は、家に、それも意識不明の由美を置いてきたので、心配だったことを示している。

こうしたいくつかの状況証拠を突きつけられて、美矢子はやっと、自供した。

彼女の自供したことは、十津川が推理したとおりだったが、今の気持ちや妹を殺したくなったときの心境を、次のように話している。

「今はただ、疲れたなという気持ちだけですわ。八月二十四日は、大学時代の友人のところへいっていて、夜遅く戻ったら、ガレージの車のなかで、排ガスを引きこんで、主人と由美が、倒れていたんです。腹が立って悲しくて、混乱してしまいました。とにかく、救急車を呼ばなくてはと思いました。でも、夫を妹にとられたなんてわかったら、みっともないと思いました。それで、救急車がくるまでの間に、妹を、家の奥に引きずっていって、隠しました。あの時点では、妹を殺す気はなかったんです」

と、美矢子はいった。

「それが、なぜ、殺す気になったんですか?」

と、十津川はきいた。

「妹が意識を回復してくれたら、思い切り怒鳴りつけて、引っぱたいて、追い出すつもりでした。でも、体が麻痺し、記憶も失ってしまっているのを見ているうちに、これから、こんな妹の面倒をずっとみていかなければいけないのかと考えました。こちらは、心がずたずたに傷ついているのに、妹は何も覚えていない。そんな妹の面倒を、いつまでもみなければならないのか。そう考えているうちに、無性に、腹が立ってきたんです。それに、主人の面倒だけでも大変なのに、妹のことまでという気持ちもありましたわ。だから、殺したくなってしまったんです」

と、美矢子はいった。

（この作品はフィクションで、作中に登場する個人、団体名など、全て架空であることを付記します。）

本書は二〇一八年八月、実業之日本社より刊行されました。

双葉文庫

に-01-116

十津川警部《とつがわけいぶ》 捜査行《そうさこう》

北《きた》の欲望《よくぼう》　南《みなみ》の殺意《さつい》

2024年1月10日　第1刷発行

【著者】
西村京太郎《にしむらきようたろう》

【発行者】
箕浦克史
【発行所】
株式会社双葉社
〒162-8540 東京都新宿区東五軒町3番28号
［電話］03-5261-4818(営業部)　03-5261-4831(編集部)
www.futabasha.co.jp（双葉社の書籍・コミックが買えます）
【印刷所】
大日本印刷株式会社
【製本所】
大日本印刷株式会社
【カバー印刷】
株式会社久栄社

【フォーマット・デザイン】
日下潤一

ISBN978-4-575-52718-6 C0193
Printed in Japan